目次

小学館文庫

付添い屋・六平太

妖狐の巻　願掛け女

金子成人

小学館

付添い屋・六平太

妖狐の巻　願掛け女

第一話　幽霊虫

一

大川の川開きから、二十日ほどが経つ六月中旬である。

このところの江戸は陽気が一定しない。

日中は晴れていたものの、妙に蒸し暑く、夕刻が近づくにつれて、西の空に湧いた黒雲が半刻（約一時間）もすると頭上を覆い尽くした。

いつもなら西日に染まる浅草元鳥越、『市兵衛店』の井戸端は、まるで黄昏たように翳っている。

秋月六平太は、桶の水で湿らせた手拭いを絞ると、諸肌脱ぎになった体の腋の下や首筋を拭いた。

朝方、昨年嫁いだ長女が初めて産んだ男児を見に行くという袋物屋のお内儀と次女を、日本橋から白金台町（しろかねだいまち）に送り届けた。

往復なら、付添い料は二朱（約一万二千五百円）というところなのだが、行きだけなので、半分の一朱を得て、八つ（二時頃（ごろ））少し過ぎに『市兵衛店』に帰り着いた。

その後、半刻ばかり午睡（ごすい）を取って、ついさっき起き出したばかりであった。

「秋月さん、今日は早い仕事上りじゃありませんか」

肩に担いだ大工道具の箱を鳴らして木戸から入って来た、住人の留吉（とめきち）が井戸端で足を止めた。

「まだ上りじゃねぇよ」

汗を拭き終えた六平太が、自棄（やけ）のように返事をした。

「これから夜の付添いがあるから、昼間の汗を拭いてるんだよ」

「夜の付添いたぁ、なんだか色っぽいなぁ。えぇ」

留吉が勘繰るような物言いをすると、

「なにが色っぽいって？」

井戸端に一番近い部屋から出て来るなり、留吉の女房のお常（つね）が大声を張り上げた。

「秋月さんの今夜の仕事がよぉ」

そう言いかけた留吉だったが、

「ま、いいや」

と、面倒くさそうに呟くと、家の中へと入って行った。

「なんだか、一雨来そうだよ」

芋の皮や青物の切れ端などを入れた笊を抱えたお常は、空を一睨みすると、表の塵箱に向かうべく木戸を潜って行った。

この日の夜の付添いは、留吉が言うほど色っぽいものではない。

日本橋、魚河岸の旦那衆が、大川に漕ぎ出す納涼船に乗り込むことになっている。旦那衆だけなら付添いなど不要なのだが、馴染みの芸者衆が銘々鳴り物を持って同乗する手筈になっていた。

「賑やかな船を狙ってぶつけ、難癖をつける海賊のような輩がいますから、このお務めはやはり秋月様がうってつけかと思います」

と、口入れ屋『もみじ庵』の主、忠七から、半ば強引に押し付けられた仕事だった。

日本橋の商家の旦那衆の付添いをすると、定額の付添い料の他に、たまにご祝儀を弾んでくれることもあり、期待は膨らむ。

六平太が、諸肌を脱いだまま路地の奥に向かいかけると、隣家に住まう弥左衛門の家の戸が開いて、小さな風呂敷包みを抱えた通い女中のお竹が路地に出て来た。

「さっきからいい匂いがしていたが、弥左衛門さんの夕餉の膳には煮物が並ぶね」

「焼豆腐と南瓜の甘辛煮ですよ」

小さな笑みを浮かべたお竹が、

「これからお出かけなんですか」

と、足を止めた。

「ま、船に乗るだけの気楽な付添いなんだがね」

そう言うと、六平太はにやりと笑った。

「秋月さん、岩本町(いわもとちょう)の口入れ屋さんから使いの人が」

外から木戸を潜って戻って来たお常は、赤い大きな唐辛子(とうがらし)の張り子を肩に下げた唐辛子売りを伴っていた。

「『もみじ庵』の忠七さんに頼まれて来たんですが」

小さく会釈をした唐辛子売りは、

「今夜は雨になりそうだから、納涼船の付添いは無くなりましたと、そう伝えるよう言付(ことづ)かって参りました」

と、丁寧に忠七の言付けを口にした。

「たしかに承った。ありがとよ」

「なんの」

陽気な声で六平太に返事をすると、唐辛子売りは足早に木戸を出て行った。

「これで、実入りが一つなくなってしまいましたね」

お常が、芝居じみた物言いをすると、

「ご愁傷さまです」

と、お竹までお常の物言いに口調を合わせ、女二人は顔を見合わせてふふふと笑った。

「それじゃ、わたしは」

お竹は、六平太とお常に頭を下げて、木戸の向こうへと足早に去って行った。


目が覚めると、真っ暗だった。

掛けていた薄い布団ごと上体を起こして見回してみたが、ただ暗いだけである。

微(かす)かに、雨戸に打ち付ける雨の音がしている。

明かりを消して、五つ半（九時頃）過ぎに布団に入った頃の激しい雨勢は、かなり衰えたようだ。

それからどのくらい寝たのだろうか。

雨戸の内側の障子に、雨戸の隙間(すきま)から射(さ)し込む外光はなく、外は依然、夜の帳(とばり)に包まれているものと思われる。

キュッと、小さいながらも鋭く、何かが軋(きし)む音が、暗がりの向こうから六平太の耳に届いた。

少しの間があって、もう一つ、軋む音がした。

木が軋む音のような気がする。

静かに上体を倒した六平太は、敷布団に片方の耳を付けた。

階段を踏みしめるような音が、微かにする。

空耳かと思ったが、階段を上る足音は、確実に六平太が寝ている二階に近づいている。

盗人（ぬすっと）に狙われるようなものは何もないが、ここはひとつ、盗みの仕方を見てやろうと腹を括（くく）った。

敷布団に横向きになった六平太は、薄い掛け布団に包（くる）まった。

薄眼（うすめ）を開けると、暗がりに眼が慣れたのか、朧（おぼろ）ではあるが、階段の降り口辺りは明暗の区別がつく。

階段の降り口に、黒い物がゆっくりと現れた。

それが、頰被（ほおかむ）りをした頭だということはすぐに分かった。

頭を巡らせて部屋を窺（うかが）うと、人影は足音を殺して一気に二階の部屋に立った。

用心深い動きから、かなり年季の入った盗人のようだ。

盗人なら押入れの方へ向かうだろうと思っていたが、人影は、六平太が横になっている布団の方へと、忍び足で近づく。

近づきながら、右手を懐(ふところ)に差し込むのが見えた。

カチ——微かな音が、暗がりに広がった。

人影が枕元(まくらもと)へと向かって来る動きに、六平太はやっと身の危険を感じた。

枕元に片膝(かたひざ)をついた人影が、懐から抜いた匕首(あいくち)らしい刃物を腰だめにした瞬時、六平太は咄嗟(とっさ)に掛け布団を跳ね上げ、ごろごろと畳を転がると、部屋の片隅に立て掛けていた刀を摑(つか)んで、一気に引き抜いた。

布団を飛び越して襲い掛かろうとした人影は、六平太が突き出した刀の切っ先の向こうで動きを止めた。

「誰(だれ)だおめぇは」

六平太の問いかけに、人影は硬直したまま何も言わない。

「どうしておれを狙う」

続けて声を発すると、人影はいきなり掛け布団を六平太の方に蹴(け)り遣(や)って身を翻し、ドドドと階段を駆け下りた。

六平太もすぐに追った。

階下に下りると、人影は戸口を開けて、路地に飛び出すところである。

六平太が裸足(はだし)のまま路地に飛び出すと、人影は、隣家から出て来た弥左衛門にぶつかりそうになり、あたふたと木戸の向こうの暗がりに消えて行った。

「なんだい、今の物音は」

路地に出て来た留吉が、六平太と弥左衛門にかすれた声を掛けた。

「ええ、わたしも秋月さんの声や物音に気付きまして」

と、弥左衛門は気遣うように六平太に眼を向けた。

「泥棒かなんかでしたか」

六平太の向かいに住む噺家（はなしか）の三治（さんじ）が、寝巻の前をはだけたまま路地に出て来た。

「いや、おれを狙って入り込みやがった」

そう返事をして、刀を納めようとした六平太は、鞘（さや）を置いて出たことに、やっと気付いた。

「どうして秋月さんを」

「おれには心当たりはねぇな」

留吉にそう返答したが、それは嘘偽（うそいつわ）りではない。

ただ、長年付添い屋稼業で世の中を泳ぎ回っていると、依頼主を守るために不埒（ふらち）な者を痛い目に合わせることもあったし、知らず知らずのうちに、恨みを買ってしまうようなことがあったかもしれなかった。

「相手は、何か言いましたか」

弥左衛門が、声をひそめた。

「いや、何も言わず、匕首を引き抜くとすぐ、寝床に向かって来やがった」

六平太の話に、弥左衛門はじめ、留吉や三治からもため息が洩れた。

雨は、いつの間にか上がっていた。


元鳥越、鳥越明神裏の『市兵衛店』は、朝からからりと晴れていた。

朝餉を摂ったあと洗濯を済ませた六平太は、二階の物干し場に立って、浴衣や下帯、手拭いなどを干している。

東方が開けた物干し場から、寿松院本堂の大屋根や天文屋敷の甍、大川に面して建ち並ぶ御米蔵の屋根が望める。

通りを歩く端布売りや塩売りの声がそこここから湧きあがり、のどかに交錯しては消えていく。

六平太が、何者かに襲われた夜から三日が経っていた。

『市兵衛店』は、三軒の棟割長屋が二棟、路地を挟んで向かい合っている。

外から木戸を入ると、右の棟の平屋には、木戸から近い順に、大工の留吉とお常夫婦、大道芸人の熊八、噺家の三治が住んでいる。

その向かいは物干し場の付いた二階屋で、木戸から近い順に、大家の孫七、元は粕壁の箪笥屋の主人だった弥左衛門、一番奥に六平太の家があった。

夜明け早々は、洗面や朝餉の支度などで騒々しい長屋だが、日も大分上がった五つ（八時頃）時分ともなると、不気味なくらい静まり返る。

「これは、お久しぶりでしたねぇ」

親しみの籠った弥左衛門の声がした。

「おはようございます」

そう返事をした女の声を聞いた六平太は、干す手を止めて路地を見下ろした。

「秋月さんは、さっき洗濯をしてお出でしたから。ほら、あそこに」

倅の勝太郎の手を引いて立っている佐和に、弥左衛門は、物干し場から首を突き出していた六平太を指でさした。

「おじちゃんだ」

物干し場を見上げて、今年三つになった勝太郎が笑った。

弥左衛門が笑みを浮かべて佐和に会釈すると、水桶を手に井戸の方へと向かった。

六平太は、残っていた手拭い二本を急ぎ物干しの竿に掛けると、二階の部屋を突っ切って階段を下りた。

階下に下りると、土間から上がった佐和が風呂敷を解いて、包んであった菓子箱を板張りに置いたところであった。

「到来物のお菓子です」

「菓子なら、勝太郎やおきみちゃんに取っておいた方がいいだろうに」

「このお菓子は子供には勿体（もったい）ないから、兄上に届けるようにって、音吉（おときち）さんからそう言いつかったんですよ」

　音吉というのは佐和の亭主で、町火消、浅草十番組『ち』組の纏持（まといも）ちである。

　六平太が口にしたおきみは、音吉と死んだ先妻の間に生まれた今年九つの娘で、勝太郎は佐和が音吉の後妻に入ってから生んだ男児だった。

　どぶ板を踏んで近づく下駄の音がして、

「やっぱり、佐和ちゃんの声だったね」

　お常が、土間に入り込んで框（かまち）に腰を掛けると、

「勝太郎ちゃんも元気そうじゃないか」

　と、半身になって勝太郎に笑いかけた。

「兄上、お湯を沸かしてお茶にしましょうか。お常さんにも、お菓子のおすそ分けをしたいし」

「ということだよ、お常さん」

　六平太が声を掛けると、

「お湯なら沸かしたばかりだから、わたしが鉄瓶ごと持って来るよ」

　言い終わらないうちに、お常は表に飛び出した。

佐和が、茶の葉を土瓶に入れていると、

「今、お茶とかお菓子とかって声がしましたね」

向かいの家から出て来た三治が、戸口に立って六平太の家の中を覗き込んだ。

「お常さんがお湯を持って来てくれたら淹れますから、三治さんもどうぞ」

「せっかくのお誘いですが、あたしゃこれから寄席がありますんで」

そう言って出かかった三治が、何かを嗅ぐように鼻を鳴らした。

「少し臭うでしょう」

佐和が軽く顔をしかめた。

「なんか臭うな」

と、六平太も匂いに気付いた。

「ここに来る途中、勝太郎が大川の岸辺のドクダミを摑んだものだから」

佐和は困った顔をした。

「いいのいいの。泣く子と勝太郎には勝てません。それじゃわたしは」

三治は腰を曲げると、紺の着物の上に着た鶯色の羽織の両袖を奴凧のように広げて、
その場を後にした。

「おや、お出かけかい」

お常から声が掛かると、

「仕事仕事」

　そう返答した三治の足音が、遠のいて行った。

　先刻よりも日は心持ち高くなっているようだ。

　二階に上って刀を取った六平太が階下へ下りると、佐和と勝太郎がお常に続いて土間から路地へと出て行くところであった。

　六平太は、柱に下げていた菅笠(すげがさ)を手に取って、土間の草履に足を通して路地に出た。

「こんなにもらっていいのかねえ」

　お常は、菓子の載った小皿を六平太に掲(かか)げた。

「遠慮は無用だよ」

「それじゃお言葉に甘えて」

　お常は笑みを浮かべて頭を下げた。

　その時、木戸から入って来た女が、六平太の隣りの家の戸口に立った。

「弥左衛門さんに用かい」

　お常が、女に声を掛けた。

「ええ」

　年のころ三十ほどの女は、お常や六平太たちに向かって軽く頭を下げた。

「なんだか、近くに買い物があるようなことを口にして、ほんの少し前に出て行かれましたけど、なんなら、うちで待ちますか」

お常は、自分の家を指し示した。

すると、木戸を潜って来る弥左衛門の姿が眼に入った。

「なんだ、来てたのか」

小さな包みを手にした弥左衛門は、女に声を掛けた。

「伯父さんが、早速困ってるんじゃないかと思って来てやったのよ」

女は怒ったふりをして口を尖らせた。

「通い女中のお竹がやめたので、姪っ子に代わりを頼んだのですよ」

六平太たちを見て、弥左衛門が笑みを浮かべた。

「そう言えば、この二日ばかり、お竹さんの姿を見かけないなとは思っていたんだよ」

そう口にしたお常が、何度も頷いた。

お竹という女中は、太った体をよく動かして、掃除に料理にと甲斐甲斐しく務めていた。

「わたしは加津と言います。時々伯父さんの様子を見に伺うと思いますので、今後ともよろしくお願いします」

加津と名乗った女は、丁寧に腰を折った。

「秋月さんはお出かけのようですから、挨拶(あいさつ)はまた改めてということにしましょうか」

「そうしましょう」

六平太は、弥左衛門の提案を受け入れ、

「では」

と、会釈すると、佐和と勝太郎の先に立って、表通りの方へと足を向けた。

二

鳥越明神前の往還は、松浦勝太郎(まつらかつたろう)家屋敷の辻(つじ)番所の前から東へ、浅草御蔵(おくら)の中之御門(なかのごもん)の方へと通じている。

中之御門前の往還は、大川の西岸に沿って、神田川に架かる浅草橋へと南北に貫く大通りである。

浅草聖天町(しょうでんちょう)の住まいに帰る佐和母子(おやこ)と鳥越明神前で別れた六平太は、鳥越川に架かる甚内橋(じんないばし)を渡って、神田岩本町の口入れ屋『もみじ庵』を目指していた。

この数日、付添いの声がなかなか掛からないことにいささか不安を覚え、思い切って訪ねてみることにしたのである。

備中、鴨方藩池田家、出羽、秋田新田藩佐竹家、肥前平戸の松浦壱岐守家などの屋敷に沿って南に向かうと、神田川の北岸に至る。

北岸に出た六平太は、久右衛門河岸を西に向かい、佐久間河岸の手前で新シ橋を渡って、神田川南岸の柳原通を突っ切った。

小路の角を三つ曲がった先にある、川幅の狭い藍染川に架かる弁慶橋に立つと、開け放たれた戸口の軒下で、『もみじ庵』と白抜きされた暖簾が見えた。

六平太が、初めて『もみじ庵』の暖簾を潜ってから、十年ほどが経つ。

謂れのない罪を蒙って、主家である信濃国の十河藩加藤家の江戸屋敷から追放されたのが、十五年前のことだった。

父は自害して果て、跡継ぎの六平太は、父の後添えになっていた義母の多喜とその連れ子だった佐和と長屋住まいを強いられたのである。

六平太の暮らしは荒れた。

義母と義妹の住む家にはほとんど寄りつかず、江戸の盛り場で酒と喧嘩に明け暮れた。

その後、義母は病で死に、六平太は十二、三になっていた佐和と二人暮らしとなり、稼がねばならなくなった。

藁にも縋る思いで頼ったのが、口入れ屋『もみじ庵』だった。

そこで、付添い屋として稼ぐ手立てを得てから、そろそろ十年になろうとしている。

風が砂埃を巻き上げない限り、夏のこの時節、『もみじ庵』の戸はいつも開け放されている。

「ごめんよ」

今では色褪せた焦げ茶色の暖簾を片手で割ると、六平太は土間に足を踏み入れた。

帳場に座っていた親父の忠七が、掛けていた眼鏡を慌てて外した。

「お、とうとう、眼鏡ですか」

「とんでもないっ！　この先の硝子細工屋が、た、た、試してみないかというんで、ちょっとの間、借りてるだけですよ」

六平太はからかったつもりはなかったが、忠七は思いの外むきになって、声を荒らげた。

「それで、仕事なんだが」

六平太は、忠七の気を逸らそうと唐突に話題を変えた。

「生憎ですが、ありません」

忠七の声に、まだ少し険があった。

「娘さんの芝居見物でも、蛍狩りの付添いでもいいんだがね」

「芝居見物の口もありませんし、この時期、誰も蛍狩りになんか行きませんよ」

「そうかね」

「半夏生(はんげしょう)の時節を過ぎた蛍は、迷い出たに違いないというので、幽霊虫と言われまして、見向きもされません」

忠七は、六平太の微かな望みをばさりと切って捨てた。

六平太が小さくため息を洩らすと、

「もしかして、暮らし向きにお困りで」

忠七は突然、気遣うように声をひそめた。

「そうじゃないんだが、何日も動かないでいると、体がなまるというのか」

「そういうことなら、四谷の道場に行って、稽古(けいこ)にお励みになればいいじゃありませんか」

背筋を伸ばした忠七は、どうだと言わんばかりに胸を張った。

四谷の道場というのは、六平太が十五年以上も通っている、立身流(たつみ)兵法の相良(さがら)道場のことである。

「また、顔を出すよ」

軽く片手を上げて、六平太は暖簾を割って『もみじ庵』を後にした。

大川に架かる永代橋は、霊岸島新堀に面した北新堀町と深川を繋いでいる。

真上から照り付ける日射しは強く、笠の内に熱気が籠って顔が火照る。

六平太は、思い切って菅笠を取った。

晒した顔を、川風が心地よく撫でて通り過ぎた。

『もみじ庵』を出た六平太に行く当てはなく、藍染川に架かる弁慶橋でぱたりと足を止めてしまった。

このまま『市兵衛店』に帰ってしまうのはなんとも情けないし、かといって相良道場に行っても、四谷に着くころには昼の稽古が始まっている時分だ。

久しぶりに、『飛騨屋』に行ってみるか——暇つぶしにはもってこいの場所を思いついて、腹の中で呟いた。

『飛騨屋』は木場にある材木商で、そこのお内儀のおかねとその娘の登世は、六平太の付添い業の上得意だった。

おかね一人に付き添うことは全くなかったが、母子の行楽や芝居見物、登世と女友達との外出などに付添いの要請があり、かれこれ五年以上の付き合いになる。

近くに行ったついでに立ち寄ると、おかねは、煙草銭と言って一朱か二朱をそっと差し出してくれた。

仕事がなく、借金の返済に困った時など、煙草銭を目当てに足を向けたことが何度もあったが、この二、三年、そういうあさましいことはしなくても済むようになった。『市兵衛店』の家主、市兵衛から借りていた借金の三十両を、十年以上かけて、昨年、やっとのことで返し終え、あくせく稼ぐ必要がなくなっていた。

永代寺門前町を過ぎ、三十三間堂の前を通り過ぎた六平太は、『飛驒屋』の裏手に回った。

「こんにちは」

母屋の戸口で声を上げると、ほどなくして障子戸が開いて、

「あら、お珍しい」

古手の女中のおきちが、三和土に立って顔を綻ばせた。

「ちょっと近くに来たんで、ご挨拶をと思い立ってね」

六平太は、笑みを浮かべた。

「お内儀さんに声を掛けて来ますから、中でお待ちを」

おきちは、戸の内に六平太を招じ入れると、三和土を上がって、廊下の奥へと急ぎ立ち去った。

待つほどのこともなく、廊下の奥に姿を見せたおかねが、おきちを従えて六平太の立つ方へ向かって来た。

「いいところへお出で下さいました」

六平太の前に立ったおかねは声をひそめると、虚空を叩くように右手を打ち振った。

「なにかありましたか」

六平太は、おかねの物言いや仕草に、いつもとは違う事情を感じていた。

「お願いしたいことがありますので、ともかく、お上がり下さいまし」

そう促したおかねの口から、こほこほと軽い咳が出た。

六平太が、帯に差した刀を取って三和土を上がるとすぐ、

「あ、やっぱり秋月様だわ」

奥の廊下の角から現れた登世が、足早に近づいて来て、

「おっ母さん、秋月様を少しの間、借りるわね」

おかねの返事を聞きもせず、六平太の袖口を摑んだ。

六平太は、登世に引っ張られるまま、廊下の奥を右へと曲がり、中庭からは遠い部屋の前へと連れられて行った。

襖を開けて先に入った登世は、

「お入り下さいな」

廊下の六平太に振り向いて、笑みを浮かべた。

「では」

軽く会釈をして部屋の中に入った途端、六平太の足がぴたりと止まった。

四畳半ほどの茶室で車座になっていた、登世と年格好の似た三人の娘たちの好奇に満ちた眼が、六平太に注がれた。

「ここへどうぞ」

登世は、隣りの娘との間に隙間を作って座り、六平太にその隙間を指し示した。

「いや、わたしはここで」

六平太は、廊下に一番近い部屋の隅に胡坐をかいた。

部屋の奥には簡素な床の間と違い棚があり、一方の板壁には、腰より高い所に明かり取りの障子戸があった。

車座になった娘たち四人の前には、湯呑の他に、饅頭や煎餅の盛られた皿が置いてある。

菓子の甘い匂いに交じって、狭い部屋には脂粉の匂いも漂っている。

「秋月様は、多分初めてでしょうから、お引き合わせしますね。こちらは、木場の鋸引き職人の一人娘でおきんちゃん」

登世は、白抜きの束熨斗の柄をあしらった、水色の着物の娘を指し示すと、その隣りの、白地に紺の碁盤格子の着物の娘に眼を向けて、

「深川入船町の船宿『生駒』のお菊ちゃん。その向こうが、深川島田町の刃物屋のお

千賀ちゃん」

と、六平太に引き合わせた。

赤紅色の地に白抜きの亀甲模様という鮮やかな着物が似合っている千賀という娘は、紅白粉も濃い。

「それで、こちらはね」

「分かってるわよ。お登世ちゃんが時々話してる付添い屋さんでしょう」

船宿の娘のお菊が、言いかけた登世の言葉を遮った。

「名前は確か、秋月、ええと」

「六平太と言います」

秋月と口にしたおきんの後を、六平太が引き継いだ。

「そそそ、そうね」

大きく頷いたおきんが、煎餅を摘まむとがりっと齧った。

「わたしたち、ついこの前、三十三間堂に集まって、嫁には行かないと決めたんですよ」

背筋を伸ばした登世が、六平太に向かって不敵な笑みを見せた。

「つまりね、わたしたち四人は、親や親戚に何と言われようと、独り身を通すと固く決意したのよ」

言い終えたお千賀が、紅で赤い上唇を舌でなぞった。

「そういうわけで、わたしたち四人は、今後『いかず連』と名乗ることになりましたぁ」

そう言うと、おきんは大きく頷いた。

「しかし、お登世さんは、以前」

六平太が恐る恐る口を挟むと、

「お登世の場合は婿を取ったわけだから、嫁に行ったことにはならないということで、『いかず連』に加われると決したのです」

お千賀がきっぱりと言い切った。

「そしたらさぁ、今度、『いかず連』と染めた手拭いとか、お揃いの扇子とか作って深川を練り歩こうじゃないの」

「いいわね」

お菊の提案に賛同の声を上げた登世が、

「秋になって、お菊ちゃんとこの屋根船で紅葉見物に行くときは、『いかず連』の幟を用意しましょうよ」

なんとも、豪気な口を利いた。

それからは、芝居見物や虫聞き、月見、それに見立番付に載っているような料理屋を食べ歩くという壮大な企てまで飛び出し、娘たちは大いに気勢を上げた。

「みんなで出掛ける時は、秋月様に付添いをお願いすることになると思って、こうして『いかず連』のみんなに会って頂いたの」

登世がそういうと、『いかず連』の面々は、六平太に向けて品を作った。

「それはなんとも、楽しみなことですねぇ」

内心のおののきを押し隠して、六平太は愛想を口にした。

「お登世」

廊下から、おかねの声がした。

「なによおっ母さん」

「あ、わたしが」

廊下に一番近いところに座っていた六平太が、弾かれたように襖を開けた。

「お父っつぁんが、秋月様に御用があるとお言いなんだよ」

おかねの口から、ありがたい言葉が出るとすぐ、

「面白い話も聞きたいところですが、山左衛門さんの御用とあれば、わたしはここらで」

六平太は、急ぎ腰を上げた。

おかねに案内された部屋は、六平太が何度も通されたことのある、中庭を三方から囲むように巡らされた廊下に面した座敷である。

心地よい風が通り抜ける座敷には、『飛驒屋』の主の山左衛門が待っていて、

「娘どもに囲まれて閉口しておいでではないかと思いまして、声を掛けさせていただきました」

「大助かりです」

六平太は、山左衛門と向かい合って座るなり、軽く上体を倒した。

「とはいえ、あの『いかず連』には、正直申して、困惑の極みでございまして」

そう言うと、山左衛門は苦笑いを浮かべた。

控えていたおかねも、山左衛門の言葉に大きく相槌(あいづち)を打つ。

「登世が誰とも夫婦にならないとなると、これはもう『飛驒屋』の行く末に関(かか)わることですからねぇ」

「分かります」

六平太には、山左衛門の心痛はよく分かる。

秋月家などは己の代で途絶えてもどうということはないが、多くの武家や大店(おおだな)などは、家名や暖簾を、如何(いか)にして後の世まで繋ぐかということに腐心している。

「登世が『飛驒屋』を継がなくとも、養子を取って、その男に嫁を迎えさせる手もな

くはありません。ですが、今のところ、安心して暖簾を預けられるような心当たりは周りにはなかなか」

　最後は言葉を濁した山左衛門がため息とともに腕を組むと、隣りに座っていたおかねが、こほこほと咳をした。

「そのことでは、これも気を揉んでおりまして、このところ咳き込んでおります」

　山左衛門は、おかねを気遣わしげに見た。

「気を揉んでいるせいで咳が出るのかどうかはわかりませんが、他に頭痛がするとか熱があるとかいうわけでもありませんので、これはやはりお登世のことで気鬱になっているのではないかと。えぇ」

　おかねの物言いは、弱々しかった。

　少々のことでは動じることのない、いつも長閑で、世の中のすべてを楽しもうというような人だっただけに、六平太には意外だった。

「それで、秋月様」

　おかねに声を掛けられた六平太は、

「何か」

　と、身を乗り出した。

「永代橋を渡った先に、咳のおまじないという石像があるといいますから、秋月様に一度、付添いをお願いしたいのですが」

「無論、構いませんが、一応『もみじ庵』には話を通していただかないと」

『もみじ庵』の主、忠七がひがむので――そう言おうとして、六平太は思いとどまった。

「日にちが決まりましたら、『もみじ庵』さんにお願いしますので、ひとつよろしゅう」

おかねが、丁寧に頭を下げた。

その時、足音が近づいて来て、座敷の外の回廊に登世が立った。

「今ね、『いかず連』のみんなと、お菊ちゃんの家の屋根船で亀戸天神に行って、『船橋屋』の葛餅を食べることになったんです。それで、付添いというより、親睦を深めるためにも是非、秋月様をお誘いしようと、みんなの思いが纏まったのですけれど、明日の御都合はどんなものかしら」

そういうと、おかねの横に膝を揃えて、登世は六平太の顔にぴたりと眼を向けた。

「うぅん」

六平太は大きな唸り声を上げると、

「そりゃ残念ですな。もっと早くに言って下さればお供も出来たでしょうに、生憎明日は、四谷の相良道場に行くことになっておりまして」

思い切り渋い顔を作って、『いかず連』のお誘いから逃げた。

三

相良道場は、外堀の四谷御門近くの四谷伊賀町にある。

甲州街道と青梅街道の追分へと通じる四谷大道から、御仮屋横町の坂を北へ入ってすぐの場所である。

木場の『飛騨屋』へ行った翌朝、六平太は相良道場へと向かった。

昨日、亀戸天神行きを誘われたとき、道場へ行くという嘘で断った六平太としては、元鳥越の『市兵衛店』に居ることを、万が一、登世に知られるのを恐れた。

どこへ行こうという当てもなかったが、朝餉を摂るとすぐ家を出ることにした。

「お出かけですか」

井戸端で洗い物をしていたお常に声を掛けられた六平太は、

「うん。剣術の稽古に行って汗をかいて来るよ」

咄嗟に返答をして『市兵衛店』を後にしたのだった。

鳥越明神脇から表通りに出た時、六平太は、お常に言った通り、四谷に行く気になっていた。

嘘から出た真ということである。

六つ半（七時頃）前に『市兵衛店』を出て、一刻（約二時間）も掛からずに四谷に着いた。

相良道場の冠木門を潜った六平太は、式台で履物を脱ぐと、道場の方ではなく、母屋に通じる廊下を進んだ。

古手の門人や師範代のために、六畳ほどの広さの板張りの更衣所が設けられており、そこに入ると、廊下の戸は開け放ったまま着替えを始めた。

六平太は、信濃国、十河藩江戸屋敷の供番を勤めていた時分から相良道場に通っていた。

供番とは、参勤で江戸に出府した藩主の外出の折りに、乗り物の近辺を警固する役目である。

立身流兵法は、刀術の剣や居合の他に、俰、槍術、長刀、棒術、それに、四寸鉄刀と書いて手裏剣と読ませるものまで、多岐に亘る武芸があった。供番という、何が起きるか知れない警護役にはうってつけの流派と言えた。

「これは、秋月様でしたか」

道着に着替え終えた時、下男の源助が廊下で足を止めた。

「相良先生には、これからご挨拶に伺うつもりだよ」

「先生はご用がおありで、一刻ほど前にお出かけになりました」

「そうか」

「さっき、矢島様がお着替えになり、道場にお入りになりましたが」

「お。これは、矢島さんの着物だったか」

六平太は、更衣所に入った時から、刀掛けに一振りの刀が掛けられ、棚に置かれた籠の中に着物が畳まれていることに気付いていた。

「稽古が終わりましたら、台所でお茶でも召し上がり下さい」

源助は軽く頭を下げて、母屋の方へと去った。

六平太は更衣所を出ると、道場へと向かった。

既に稽古は始まったようで、木刀や袋竹刀のぶつかる音や、門人たちの発する声が廊下にまで聞こえている。

「おはようございます」

六平太が道場に足を踏み入れると、動きを止めた門人たちから挨拶の声が掛かった。

隅の方にいた矢島新九郎が、木刀を振り上げた姿勢で、六平太に軽く頷いた。

「そのまま続けてくれ」

声を発すると、六平太は木刀を手にして新九郎の近くに寄って、素振りを始めた。

去年の五月から今年の三月まで、怪我をした師範の相良庄三郎を手助けすることになり、十月ばかり師範代を勤めていたから、ほとんどの門人は見知っていた。

朝の稽古は五つ半から四つ半（十一時頃）までなので、非番の侍か、仕官前の若い子弟が多い。

道場の東側の武者窓から、朝の光が射し込んでいる。

ひとしきり素振りを続けて体を解した若い門人たちは、竹刀に持ち替え、一対一の組み合わせで、打ち込みの稽古に入った。

新九郎と並んで素振りを続ける六平太の額から、汗がツツと流れ落ちた。


日は真上に昇っていたが、葉の繁った枝を広げる楠の下にある井戸端は、日陰になっている分いくらか涼しい。

稽古を終えた六平太は新九郎と二人、諸肌を脱ぎ、濡れた手拭いで汗を拭っていた。

相良道場には二つの井戸があった。

一つは道場に近い場所にあり、もう一つは、庄三郎の居室のある離れにも母屋の台所にも近い裏手にある。

「奉行所のお役人が、こうして剣術の稽古に勤しめるというのは、世の中穏やかだということですかねぇ」

「そうだといいんですが」

新九郎は、汗を拭きながら苦笑いを見せた。

北町奉行所の同心である新九郎は二つ年上なのだが、己より早い時期に相良道場に通っていた六平太を先輩と見て、丁寧な口を利く。初手は面映ゆくもあったが、今では慣れてしまった。

「穏やかと言いますか、例の、箱崎(はこざき)の押し込みの一件の調べが、なかなか思うように進みませんで」

新九郎が口にした押し込みというのは、霊岸島新堀の北、箱崎町二丁目の鰹節(かつおぶし)問屋が七、八百両の大金を盗賊に奪われ、数人の奉公人が殺された上に、火まで放たれた先月半ばの一件である。

残忍な押し込みの手口は、以前、関東一円で盗みを重ねていた、行田(ぎょうだ)の幾右衛門(いくえもん)一党の仕業ではないかというところまでは新九郎は辿(たど)り着いたのだが、その後の進捗(しんちょく)が見られないらしい。

「盗人と言えば、わたしにこの前、ちょっとした災難が降りかかりましてね」

六平太は、まるで他人事(ひとごと)のように口を開いた。

「ほほう」

と、新九郎は手を止めて好奇心を露(あら)わにした。

六平太は、刃物を手にした何者かに襲われた、四日前の雨の夜のことを言い、

「匕首の使い方や、音を殺した足の動きからして、昨日今日盗人になったとは思えないし、家に忍び込むのにも慣れてる奴でしたよ」

「そういう奴が、どうしてまた秋月さんの家に。いやいや、秋月さんの家には盗るようなものはないと言ってるんじゃありませんが」

「いや、盗られて困るようなものはありませんよ。ですから、一向に心当たりが浮かばんのです」

六平太は、手拭いを絞った。

「道着を着替えてから、源助のお茶に呼ばれましょうか」

「はい」

六平太は、新九郎の申し出に応じた。


更衣所で普段着に着替えた六平太と新九郎が廊下に出たとき、何かが突き刺さるような音が、道場の方から届いた。

顔を見合わせた二人は、好奇心の赴くまま道場の方へ足を向けた。

朝の稽古は終わって、大方の門人は道場を後にした時分である。

六平太と新九郎が道場に足を踏み入れると、手裏剣を振り上げた若い門人が、慌てて動きを止めた。

「すまんすまん」

新九郎が明るい声をかけると、

「いえ」

二十を一つ二つ超えたくらいの門人は、親しげな笑みを二人に向けた。

「居残りか」

「他の方々がいらっしゃると、投げるわけにいきませんので」

六平太にそう返事をすると、壁に立て掛けて的にした古畳を指し示した。

「四寸鉄刀だな」

新九郎は、立て掛けられた畳に刺さっていた三本の四寸鉄刀を引き抜いた。

鉄槌（てっつい）で叩いただけのようなごつごつした平たい鉄片に刃はなく、一方の先端を鋭く尖らせた手裏剣だった。

掌（てのひら）に収まるくらいの四寸ほどの長さから、その名があると聞いたことがある。

「投げていいかな」

「どうぞ」

門人は新九郎に軽く会釈をして、投げる場所を空けた。

「十年以上前に何度か試して以来だから、自信はないんだが」

そう言いながら、新九郎は畳に対して半身で立つと、四寸鉄刀を握った右手を頭上て落ちた。

へと上げ、振り下ろした。

新九郎が放った四寸鉄刀は、畳に刺さることなく、道場の床板にからんと音を立てて落ちた。

「あ、いかんいかん。秋月さんどうです」

新九郎は、手にしていた残りの二本を差し出した。

「わたしも、入門したての頃に稽古したばかりですが」

六平太に自信はなかったが、好奇心が勝って、四寸鉄刀を受け取った。

やはり、畳に対して半身になって立った六平太は、小柄(こづか)を投げる要領で投じた。

が、四寸鉄刀は腹ごと畳に当たって、床板に落ちた。

「やはり、駄目だな」

六平太は床に落ちた四寸鉄刀を拾い上げながら口にすると、苦笑いを浮かべて門人に返した。

「すまんが、おれたちに手本を見せてくれんか」

新九郎が申し出ると、

「では、僭越(せんえつ)ながら」

門人は丁寧に腰を折って、四寸鉄刀五本を左手に握り、畳に向かって構えた。

そして、左手に握られている四寸鉄刀を右手で一本引き抜き、ゆっくりと頭上に振り上げたかと思うと、眼にも留まらぬ早業で一投目を放ち、二投目は体の左に右腕を畳んでから水平に投げ、三投目は下段に下ろした腕を振り上げて投げた。

二投目と三投目の四寸鉄刀は、畳に刺さった一投目の四寸鉄刀のすぐ横に、狙いすましたように刺さっている。

「見事だ」

六平太が思わず呟くと、新九郎も小さく唸って頷いた。

「恐れ入ります」

門人は嬉しそうに顔を綻ばせ、深々と腰を折った。

「あ、こちらでしたな」

廊下から声を掛けたのは、源助だった。

「台所に行くつもりだったんだが」

新九郎が口を開くとすぐ、源助の横に見たことのある若者が姿を見せた。

「秋月様を訪ねて、音羽から来たそうです」

源助が若者を指した。

「毘沙門の親方の使いで参りました寅松です」

寅松は、笑顔で会釈をし、

「元鳥越の『市兵衛店』に行ったら、今日はこちらだと聞きまして」

と、軽く頭を下げた。

「親方が、お手隙の時にご足労願えないかと申しております」

寅松が口にした毘沙門の親方というのは、護国寺（ごこくじ）門前の音羽町界隈（かいわい）の顔役、甚五郎（じんごろう）のことである。

六平太に丁寧な口を利いた寅松は、今年になって毘沙門の若い衆になった二十の若者だった。

「おれも音羽に行くから、茶を呼ばれてから一緒に行こうじゃないか」

六平太がそう持ち掛けると、

「わたしはもう一つ別の用がありますんで、ここで失礼させていただきます」

そういうと、寅松は両手を膝に揃えて頭を下げた。

四谷から音羽までは、大した道のりではない。

相良道場の稽古に出ると、これまでもよく音羽へと足を延ばしていたから、道には明るい。

毘沙門の親方の言付けを持って来た寅松を見送ると、六平太と新九郎は母屋の台所で、源助から茶の接待を受けたあと、相良道場を後にした。

六平太は、麹町（こうじまち）を通って半蔵門（はんぞうもん）へ向かうという新九郎と四谷御門前で別れると、外堀に沿って牛込御門へと足を向け、神楽坂上を目指した。

毘沙門天のある善国寺前を過ぎ、牛込水道町から小日向村へ出たら関口水道町へと至る道筋である。

途中、九つ（正午頃）を知らせる時の鐘を聞いたが、おそらく、目白不動で撞かれた鐘の音に違いない。

それから半刻足らずで、江戸川に架かる江戸川橋を渡り切った。

そこから、道幅の広い坂道が緩やかな坂となって北方へと上がっており、坂道の突き当りに、護国寺の壮大な山門が望めた。

広い道は、護国寺に近い方が音羽一丁目で、続いて、二丁目三丁目となり、坂下が九丁目となっている。その九丁目と境を接しているのが、音羽桜木町である。

甚五郎の家は、広道の西側の角にあった。

「御免なさいよ」

六平太は、開け放たれた戸口から土間に足を踏み入れた。

「あ、こりゃ秋月様」

広い板張りの奥にある帳場にいた佐太郎が顔を上げた。

「こちらの若い衆の寅松さんから、親方がわたしに用があると聞いて来たんだよ」

「へぇ。ついさっき戻った寅松によれば、四谷の道場においでだったとか」

佐太郎が、六平太の立つ土間の近くへやって来て膝を揃えた。

桝形になった土間や板張りは、祭りに使う注連縄や門松など、時節ごとに必要なものを作ったり修繕したりする若い衆の作業場になるのだが、そこにいたのは、甚五郎の右腕であり、毘沙門の若者頭でもある佐太郎一人だった。

「親方は、秋月様がお見えになったら、護国寺の『松籟』にお出で下さるようにと言い残して出掛けましたが」

佐太郎が口にした『松籟』は、六平太もよく知っている護国寺境内にある茶店である。

「そこで、おりきさんとも落ち合うようですよ」

佐太郎がそう付け加えた。

六平太は、甚五郎からの呼び出しの理由が思い浮かばなかったが、まして、おりきが同席するとなると、余計に分からない。

「とにかく、行ってみるよ」

六平太は、佐太郎に声を掛けると甚五郎の家を後にした。

神齢山護国寺の広大な敷地の中には、観音堂、経堂、大師堂をはじめ多くの堂宇や塔頭、それに、音羽富士と呼ばれる富士塚もあって、一年を通じて、参拝者や行楽の人々が押し掛ける。

広道の両側に立ち並ぶ料理屋、旅籠、軒を並べている大小の様々な商家は、護国寺を訪れる人々のお蔭で成り立っていた。

仁王門を潜って境内に入り込んだ六平太は、広い参道をまっすぐ進み、石段を上がりきると、左へと曲がった。

その先は敷地の西に当たるのだが、境内の地形の起伏を利用して、江戸三十三霊場が設けられており、緑深い森の中には、坂道や谷、池などが配置され、行路の途中には幾つもの茶店などの休み処があった。

『松籟』もその中の一軒である。

行路から少し奥まった小道に進むと、緋毛氈の敷かれた床几が置いてある茶店の表が見えた。

「あら、秋月様」

床几に残された器を片付けていたお運び女のおしのが呼びかけると、

「桜木町の親方なら、おりきさんと裏の方ですよ」

と、続け、平屋の茶店の裏手を手で指し示した。

「ありがとよ」

軽く手を上げて、六平太は小石の敷かれた道を裏手へと向かった。

『松籟』の裏手は、小さな池の畔にあって、夏場でも涼しい。

「お早いお着きでしたね」

軒下から張り出された藤棚の下の縁台で、おりきと並んで茶を呑んでいた甚五郎が六平太を見迎えた。

「今日は、四谷から足を延ばすつもりだったから、いい折でしたよ」

六平太はそう返事をして、おりきの横に腰を掛けた。

下駄の音が近づいて、

「秋月様、何にしましょう」

裏の出入り口から出て来たお運び女のおしのが、六平太の横に湯呑を置いた。

「六平さん、稽古の後、昼餉は」

おりきに聞かれた六平太が、まだだと言うと、

「どうぞ、ここで何か口になすって下さい」

甚五郎が勧めてくれた。

「稲荷寿司を頼むよ」

六平太が注文すると、

「少しお待ちを」

声を張り上げて、おしのは建物の中に戻って行った。

「親方の、お呼び出しのわけというのはいったい」

六平太は、湯呑に手を伸ばしながら問いかけた。すると、

「それがね。穏蔵（おんぞう）さんに養子の口がかかったらしいよ」

甚五郎の代わりに、おりきがさらりと口にした。

湯呑を口に運びかけた六平太が、二人を見た。

「えぇ」

甚五郎は、大きく頷いた。

言葉を失った六平太が縁台に湯呑を置くと、眼の端に光るものがあった。

木立の先の小さな池の水面（みなも）で、木洩（こも）れ日がきらきら揺れていた。

四

茶店『松籟』の裏手は、木々の葉が茂って涼やかである。

おりきと甚五郎と並んで縁台に腰掛けている六平太は、ぬるくなった茶をひと口飲んで、小さくふうと息を吐いた。

穏蔵というのは、十四年前、板橋（いたばし）の女に産ませた六平太の子供である。

穏蔵が三つの時に母親は死んだのだが、育てる余裕も気力もなかった六平太は、雑（ぞう）

司ヶ谷の竹細工師、弥兵衛の伝手に縋り、子供のいない八王子の養蚕農家、豊松の養子にしてもらったのだ。

その時、せめてもの餞別にと豊松に手渡したのが、『市兵衛店』の家主、市兵衛に借りた三十両だった。

穏蔵は今年、豊松が絹を納めている日本橋の絹問屋の奉公人になったのだが、早々にその奉公先から逃げ出して、雑司ヶ谷に現れた。

雑司ヶ谷には、死んだ弥兵衛の後を継いで竹細工師になっていた倅の作蔵がおり、穏蔵はその縁に縋ったのだ。

そのことを八王子に知らせると、養い親の豊松が来て、作蔵の家に六平太も呼ばれて穏蔵の今後について話し合いが持たれたが、そこではなにも決まらず、しばらく様子を見ることとなった。

ところがその後、穏蔵は、

「毘沙門の親方のところで働きたいです」

と、口にした。

そのことをすぐに伝えると、甚五郎はすんなりと受け入れたのだ。

思惑通りに運んで、その時六平太は、密かにほくそ笑んでいた。

毘沙門の若い衆を見ているると、気ままに楽し気に仕事をしているようだが、内実はかなりきついということを、六平太は前々から知っていた。

音羽界隈の様々な修繕や祭りの裏方、岡場所の治安や諍いの仲裁、護国寺の富くじはじめ、寺社の催し物の差配から縁日の警備、提灯や雪洞の修繕から取り付けに至るまで、寝る間もなく働かなくてはならない。

そういう過酷な仕事場に預ければ、すぐに音を上げて八王子に戻るだろうと踏んだのだが、意外にも、二月以上経った今も勤めに励んでいる。

しかも、見掛けるごとに、穏蔵からは毘沙門の若い衆らしい匂いがして、六平太は複雑な思いを抱えていた。

穏蔵が自分の子だということは、おりきには打ち明けていたが、甚五郎や他の者には言っていない。だが、甚五郎はうすうす気付いているのではないかと思える。

「秋月さん、養子にと言って来たのは、音羽四丁目の小間物屋『寿屋』の八郎兵衛さんなんですよ」

甚五郎が静かに切り出した。

「ほら、『吾作』で働き始めたお国さんが住んでる『八郎兵衛店』の家主ですよ」

甚五郎に続いて、おりきが言い添えた。

『八郎兵衛店』の住人で、手の不自由な信助爺さんのために火を熾したり、医者から薬を貰って来てやったりと、穏蔵が親切にしていることが、家主の八郎兵衛の耳に入ったらしいと甚五郎は続けた。

「その上、穏蔵の名を娘の美鈴さんの口からも聞いていたらしく、八郎兵衛さんはこの半月ばかりそれとなく様子を見ていて、その人柄をすっかり気に入ったそうです」

昨日、小間物屋『寿屋』の主、八郎兵衛が桜木町に訪ねて来て、穏蔵を養子にと頭を下げたのだと、甚五郎は打ち明けた。

「養子の口とは、言ってみれば、美鈴さんの婿にということですよ」

そう口にしたおりきが、六平太に眼を向けた。

小間物屋『寿屋』の店先を通りかかった穏蔵が、娘から声を掛けられて照れた様子を見せたのを、六平太は覚えていた。

「それで、親方はなんと返事を」

六平太は、特段、高ぶることもなく問いかけた。

「穏蔵には、八王子に養い親もおりますし、周りには案じている者もいますんで、一度相談をしてから返事をすると申しました」

甚五郎は、六平太に小さく頭を下げた。

木々の葉を揺らして、樹間を微風が通り抜けた。

「『寿屋』さんは、跡継ぎ探しで大事ですからねぇ」

おりきが、ぽつりと口にした。

「一人娘ならそうだろう」

六平太は、木場の『飛騨屋』の悩みを思い出した。

「娘は美鈴さん一人だけれど、跡継ぎの兄さんはいたんだよ」

「寿八郎(じゅはちろう)さんだね」

男の名を口にした甚五郎に、おりきは頷いた。

二人とも、長年住んでいる音羽の事情には通じている。

跡継ぎの寿八郎は、小間物を扱う商いを覚えるため、四年前、京の小間物屋へ修業に出されたという。

ところが、京の小間物屋に出入りする染物屋の主に見初められて、寿八郎はそこへ養子に入ることになった。

京でも高名な染物屋とはいえ、他に子がいないなら承知はしなかったのだが、娘の美鈴に婿を取れば『寿屋』の暖簾は守れると思い至った八郎兵衛は、とうとう寿八郎を諦(あきら)めたのだ。

「八王子の豊松さんが、商いで日本橋に来ることがあれば寄ってくれるよう、わたしが書状を書くことにします」

六平太がそういうと、

「ええ。とにかく、豊松さんを交えた話し合いをしてからのことにしましょう」

甚五郎の申し出に、六平太もおりきも頷いた。

護国寺の仁王門を出た六平太、おりき、甚五郎は、音羽九丁目へと向かう広い道を下った。

「三人揃ってなにごとですよぉ」

四丁目の辺りで、聞き覚えのある女の声が轟いた。

楊弓場から出て来た矢取り女のお蘭が、六平太たち三人の前に立って、ぐいと胸を突き出した。

「まさか、お寺参りでもありますまい」

「その寺参りだよ」

六平太が笑って答えると、お蘭は「ふん」と声に出して甚五郎を向いた。

「親方んとこの若い衆の穏蔵、あいつはいいね」

「そうかい」

「うん、いいよぉ。昨日なんか、足の弱った婆さんの手を引いて、音羽富士まで連れて行ったんだよ。感心するじゃないかぁ。あ、噂をすればなんとかだ」

お蘭が、通りの向かい側に眼を遣った。

広い道の西側の小路から、それぞれ、鋸や鉈、荒縄などを手にした六助、竹市、それに穏蔵が現れた。

「お、どこの帰りだ」

　甚五郎が声を掛けると、

「へい。桂林寺さんの庭の垣根が壊れたんで、修繕に」

　答えた六助が、六平太やおりきにも会釈をすると、竹市と穏蔵もそれに倣った。

「それじゃ、わたしらは」

　小さく腰を折って江戸川橋の方に歩き出した六助に続いて、竹市と穏蔵が後ろからついて行った。

「秋月さんは、どうなさいます」

「わたしは、雑司ヶ谷の作蔵さんのところに寄ってから、駒井町の方に」

　六平太が口にした駒井町には、おりきの家がある。

　穏蔵とは関わりのある雑司ヶ谷の作蔵にも、養子の一件は知らせておくつもりだった。

「音羽にお泊りなら、おりきさん共々、今夜、菊次のところへ顔を出しませんか」

　甚五郎の誘いを、六平太とおりきは、喜んで受けた。


　六平太は、目白坂を上って、目白台へと向かっていた。

桜木町に帰るという甚五郎とは、音羽九丁目と桜木町の間の小路で別れ、関口駒井町の家に帰るおりきとは目白坂の途中で別れた。

竹細工師、作蔵の家は、鬼子母神に近い雑司ヶ谷村の林の中にある。

元々は畑作の百姓だったのだが、竹細工師だった父、弥兵衛の後を継いだ作蔵も畑仕事は女房に任せて、細工物作りを生業としていた。

「秋月ですが」

高木に囲まれた作蔵の家の庭に足を踏み入れるなり、六平太は大声を上げた。

すると、家の中から縁に出て来た作蔵が、

「こりゃ珍しい」

と口にして、作業着に付いていた竹の屑を、庭に向かって叩き落とした。

「拝ませてもらうよ」

六平太は作蔵の返事も聞かず、縁に上がると、作蔵の仕事場を通り抜けて、奥の間の仏壇の前に座った。

「水がいいかね。茶がいいかね」

「水がいいね」

作蔵の声に返答すると、六平太は、弥兵衛の位牌に向かって手を合わせた。

六平太にとって、弥兵衛は命の恩人だった。

主家を追われた直後、荒んだ生き方をしていた六平太は、あちこちの破落戸どもと諍いを起こしていた。

ある日、音羽に足を延ばした六平太は、破落戸の一団に襲われたのである。

瀕死の重傷を負って道端に倒れていた六平太を家に連れて行き、医者を呼んだり、動けるようになるまで家に置いてくれたのが、弥兵衛だった。

その出会いが、六平太の生き方を変えたのである。

手始めに竹細工を教わり、それを売って身を立てようと考え、弥兵衛の死後は作蔵にも教わったものの、六平太の目論見は無情にも、ほどなく潰えた。

付添い屋でなんとか暮らしを立てられるようになったのは、その後のことである。

「縁に運んだよ」

声に促された六平太が縁に出ると、作蔵が、土瓶の水を二つの湯呑に注いだところだった。

「どうぞ」

作蔵に勧められて、六平太は湯呑を口に運んだ。

「美味い」

六平太が唸るように声を発した。

いつものことながら、作蔵の家の水は冷たくて美味い。

「お、帰って来たな」

六平太は、裏手の方から庭に現れた、背負い籠を負った作蔵の女房と倅の弥吉に眼を留めた。

「おいでてしたか」

「そうなんだよ」

六平太は、籠を下ろす女房に返答した。

「弥吉、水飲むか」

「うん」

返事をした弥吉は、作蔵の湯呑を受け取ると、自ら水を注ぎ、一気に飲み干した。

弥吉は前々から竹細工に興味はなく、母親と二人畑仕事に精を出しており、音羽の青物屋に売っている芋や大根などは、味がいいと評判だという。

八王子の豊松に連れられて来ていた穏蔵と弥吉は、何年も前からの顔見知りである。

「実は、音羽に来たのは、穏蔵のことなんだ」

六平太は、作蔵夫婦や弥吉の前で、穏蔵に養子の口が掛かったことを打ち明けた。

「そりゃ、めでたいね」

弥吉は顔を綻ばせたが、

「だが、音羽で穏蔵に会っても、このことは口にしちゃいけないよ」

六平太は、弥吉に釘を刺した。

全ては、穏蔵の養い親である豊松を交えての話し合い次第なのだ。

間もなく暦は秋になるが、日が暮れても音羽界隈の通りには熱気が籠っている。

居酒屋『吾作』の、開け放たれた戸口から、時々流れ込む風にも、まだ温もりがあった。

六平太とおりきは、店の一番奥で甚五郎と向かい合っていた。

三人が『吾作』で落ち合って、すでに半刻が過ぎている。

三品の料理は食べ終え、二合徳利は既に二本、空にした。

「ありがとうございました」

戸口近くに立ったお運び女のお国が、表に出て行く三人連れの男たちの背中に弾んだ声をぶつけた。

四半刻（約三十分）前まで店は混んでいたが、三人連れの客が出た今、六平太たち三人の他に、酔い痴れた老爺一人と、遊び人風の若い男二人が残った。

客を見送ったお国は、空いていた丼や皿を重ねて、板場近くの棚に置く。

徳利や盃、使った箸などを手早く盆に載せると、それも板場近くの棚に運んだ。

板場の中から手を伸ばして、使った器を洗い場に置くのが、『吾作』の主で、料理人の菊次だ。

かつて、毘沙門の甚五郎の身内だった菊次は、六平太を兄ィと呼ぶ唯一の男である。

「お国さん、あと二品くらい見繕ってくれないかね」

甚五郎が声を掛けると、

「そう来るだろうと思って、南瓜と茄子、椎茸のうま煮、それに、赤貝のぬた和えを拵えてます」

板場から、菊次が大声を上げた。

「それを頼む」

甚五郎は満足そうにぐい飲みの酒を呷った。

「菊次さんも居酒屋の親父らしくなって、親方も一安心でしょう」

「あぁ」

甚五郎は、おりきに返事をして目尻を下げた。

「しかし、どう見ても、穏蔵に商いなんぞは無理だろう」

そう呟くと、六平太は首を傾げた。

六平太たち三人の話題は、小間物屋『寿屋』から養子の申し出があった穏蔵の今後のことだった。

話が纏まるかどうかはまだ分からないが、いざ養子になった時のことは、やはり気になった。

「六平さん、無理かどうかなんて、今からは分からないよ」

「そうですよ。今のうちから本気で商いのことを覚えれば、そのうち務まるようになるもんです」

甚五郎が、おりきに同調した。

「『寿屋』さんには、主の八郎兵衛さんもおいでだし、番頭さんもいますから、安心と言えば安心ですよ」

おりきの言い分に小さく唸った六平太は、徳利を摘まんで手酌をした。

「しかし、心配は、当の娘さんだな。美鈴とか言う」

「なんだい。六平さん、養子の口を受ける気になっておいでなのかい」

おりきに尋ねられて、六平太は少しうろたえた。

「そうじゃねぇよ。もし、そうなった時のことを心配しただけだよ。養子になって肩身の狭い思いをするのは、いつも男だからさ。そんな時、女房がどう亭主を立てるか立てないかで、婿養子の幸不幸の分かれ目になるんだよ。長年、付添い稼業をして来たせいで、女房の尻に敷かれて息を詰めてる哀れな養子を、いやというほど、この眼で見てきたからよ」

六平太が口にしたことは、本心である。

商家の内儀や娘たちの付添いを数えきれないほど勤めたが、多くの婿が、家付き娘の我儘(わがまま)や理不尽な仕打ちに耐えていた。

婿養子が表に立って安穏な家は、数軒しか知らない。

その一つ、木場の材木商『飛驒屋』の主の山左衛門は、婿養子ながら堂々と振る舞い、女房のおかねや娘の登世の信頼を一身に浴びていた。

小間物屋『寿屋』に入った穏蔵が、山左衛門のような堂々たる婿養子になるとは、想像もつかないのだ。

ため息を洩らした六平太は、盃に残っていた酒を飲み干した。

五

「お待ちどおさま」

板場を出て来た菊次が、六平太たちの前に料理の小鉢と皿を並べると、

「酒はまだありますか」

と、二合徳利を摘まんで振った。

「料理も来たし、もう一本もらいましょうか」

「えぇ」

おりきが、甚五郎の問いかけに応じた。

「へい。すぐに」

板場に向かいかけた菊次が、ふっと戸口に眼を遣った。

お国が、足元の覚束(おぼつか)ない老爺の手を取って、表まで連れて出たところだった。

「気を付けてね」

お国に声を掛けられた老爺は、軽く手を上げて、表通りの方へ消えて行った。

「お国さん、今夜はもう暖簾を仕舞いましょう」

菊次が、表のお国に声を掛けた。

「はい」

返事をしたお国は、提灯の火を消した後、外した暖簾を持って店の中に戻って来た。

「もう、ここはいいから、公吉(こうきち)を起こして連れてお帰りよ」

「でも、片付けが」

「そんなもん、おれ一人でも大丈夫だよ」

菊次は、笑ってそう言い切った。

公吉というのは、六つになるお国の子供である。

「公吉はここに来てるのか」

六平太は、以前から公吉とは気やすくしていた。

「夜、長屋に一人で置いておくより、ここに連れて来いって、菊次さんにそう言って頂いたもんですから」

「ほら、奥の部屋があるからさ」

菊次が、照れたように言い訳をした。

亭主を病で亡くしたお国は、女手一つで公吉を育てている。

女の仕事にしては力の要る灰買いを生業にしていたお国は、音羽界隈を歩いて竈(かまど)の灰を買い、それを灰屋に売って暮らしを立てていた。

『吾作』からも灰を買っていたので、菊次とは前々からの顔見知りではあった。

「お国さんの家は確か、四丁目の『八郎兵衛店』だったねぇ」

六平太が、何気なく口にすると、

「えぇ。ずっとあそこですけど」

お国は、頷いた。

六平太は以前、のっぴきならない出来事に首を突っ込んで、お国の住まいに行ったことがあった。

「いや。なにということもないんだが、家主の八郎兵衛さんの人となりを教えてもらおうかとさ」

「あれ、兄ィ、それは変だな。『寿屋』の八郎兵衛さんのことなら、親方だってご存じだから、わざわざお国さんに聞かなくったって」

　菊次は、腑に落ちない様子で唇を尖らせた。

「それはそうだが、人ってものは、例えば毘沙門の親方のような、音羽で顔の利くような人に見せる顔と、住まわせてる店子に見せる顔を使い分けることがあるんじゃないかと、ま、ふとそう思ってさ」

「どうして、八郎兵衛さんなんです」

　菊次が眉を顰めて、さらに訝った。

「いや、なにということもなく」

　六平太が誤魔化すと、おりきと甚五郎がふっと顔を見合わせたような気配がした。

「うちの家主の八郎兵衛さんは、長屋に来たときなんかも、わたしたちにも気さくに話しかけてくれる。裏表のないお人ですけどね」

　お国の声音には、お世辞を口にしたような響きはなかった。

「いや、それを聞いておいてよかったよ」

　お国に笑みを向けると、六平太は、小鉢の煮物を箸で摘まんで口に放り込んだ。

『吾作』の表の小路は、護国寺門前から江戸川へと続く広道の一本西側を、南北に並行している。

刻限はほどなく五つ半だが、夜の街に涼みに出た者たちの歩く音が、四方から響いている。

岡場所や料理屋から洩れ出る明かりで、裏道も案外明るい。

六平太とおりき、それに甚五郎が、火の消えた『吾作』の提灯の近くで待っていると、板場の出入り口から公吉をおんぶした菊次が出て来た。その後から出て来たお国が、手慣れたように戸締りをすると、

「お待たせしまして」

と、菊次と並んで、六平太たちの前で足を止めた。

「おれは、公吉がこんな有様だから、『八郎兵衛店』まで送りますから」

「あぁ、そうしな」

甚五郎がそういうと、菊次は、公吉をおんぶしたまま、小さく頭を下げた。

「それじゃ、おやすみなさい」

お国も軽くお辞儀をすると、菊次と並んで、表通りの方へと歩いて行った。

「あの三人、どう見ても親子だよ」

おりきの声には、笑いが混じっていた。

「いつか、なるようになるんじゃありませんかねぇ」

甚五郎も、そういう。

「だがなぁ」

六平太が小さく呟いた。

菊次の前歴に、いささか不安があった。

好きな女が出来ても、好きだと言えないまま時だけが経ち、とうとう他の男に取られたことが、これまで何度もあったのだ。

「いや、今度はなんとかなりそうな気がするけどねぇ」

おりきの言葉をきっかけに、三人は、桜木町の方へと歩き出した。

桜木町の手前の九丁目に差し掛かったところで、道の右側を流れる小川にぶつかった。

「あ、蛍」

突然足を止めたおりきが、暗がりに向かって人さし指を動かした。

「まだ、蛍がいましたか」

甚五郎も足を止めて、おりきの指さす方に眼を向けた。

「どこかに行ってしまいましたねぇ」

辺りに眼を配っていたおりきは、ついに蛍の行方を追うのを諦めて、手を下ろした。

六平太に、蛍はとうとう見えなかった。

この時期の蛍は、幽霊虫というんだ――教えてやろうかと思ったが、六平太は思い留まった。

今後、何か嫌なことが起きるたびに、この夜、幽霊虫と口走った六平太のせいだと、おりきに言われ続けるのは、眼に見えていた。

九丁目の四つ辻で、桜木町に帰る甚五郎と別れた六平太とおりきは、目白坂へと足を向けた。

翌日、日がだいぶ上がった五つ時分に、六平太は元鳥越の『市兵衛店』に帰り着いた。

音羽を後にしたのは、六つ（六時頃）を幾らか過ぎた頃おいだった。

特段、早く元鳥越に帰らなければならない用事があったわけではない。

おりきが、今朝早く内藤新宿に髪結いに出るというので、それに合わせて元鳥越に帰ることにしたのである。

夜明けとともに米を研ぐおりきの傍で、六平太は竈に火を熾した。

飯が炊けると、差し向かいで朝餉を済ませ、二人は関口駒井町のおりきの家を後にしたのだった。

内藤新宿に行くおりきと、江戸川橋の袂で別れた六平太は、大塚から小石川へと歩を進め、本郷から湯島を通って神田川の北岸、浅草橋へ至る道筋を取った。

浅草橋から元鳥越の『市兵衛店』までは、四半刻もかからずに着いた。

日を浴びた『市兵衛店』は、しんと静まり返っていた。

大家の孫七は、普段から静かに暮らす人だし、大工の留吉も大道芸人の熊八も、とっくに仕事に出掛けてしまっている刻限だった。

六平太は、自分の家へと路地を進んだ。

留吉の家の戸は閉まっていた。

女房のお常は買い物にでも出たのか、留吉を送り出した後、家の中で二度寝をしているのかもしれない。

六平太の家の隣に住む弥左衛門の家の戸も閉まっている。

路地の一番奥にある家の戸を開けて、六平太は土間に足を踏み入れた。

腰に差していた刀を鞘ごと抜いて土間から上がろうとして、六平太がびくりと、片足を草履に戻した。

上り口の板張りに、黒い粒のようなものが、十ばかり、散らばっている。

顔を近づけて目を凝らすと、大きさは一分（約三ミリ）くらいのものから三分ほどの、黒い胴体に足の付いた虫だった。

その形に六平太は見覚えがあった。

散らばっている黒い粒は、この時節になると幽霊虫と言われる、蛍の死骸（しがい）に違いない。


　土間の隅に置いていた箒を手にすると、蛍の死骸を寄せ集めて塵取りに移した。

　そこで、六平太は路地へと出た。

「孫七さん、秋月だが」

　六平太は、木戸に一番近い場所にある孫七の家の戸口に立って声を掛けた。

「おや、お帰りでしたか」

　中から戸を開けた孫七が、土間に立って笑みを浮かべた。

「うん、たった今さ。ところで、おれの留守中、訪ねてきた誰かが、家の中に入ったようなことはなかったかね」

　六平太は、努めてさりげない物言いをした。

「さ。わたしが知る限り、訪ねてきたお方はおりませんが」

「そうか」

「なにか、物が無くなっておりますか」

「いや。無くなっちゃいないんだが」

　その後の言葉を濁した六平太は、

「忘れてくれ」

　そう言い残して、家に引き返した。

土間に置いた塵取りには、蛍の死骸があった。

誰かが、意志を持って、六平太の家に蛍の死骸を置いたに違いないのだ。

五日前の雨の夜、この家に忍び入って、匕首を抜いた男のことが頭を過った。

お前を、いつか幽霊虫にしてやる——そんな脅しなのだろうか。

六平太に向ける殺意に、ただならない執着が窺える。

塵取りの蛍どもを、竈に投げ入れようとした六平太は、ふと手を止めた。

竈で焼いた蛍の煙が、家の中に沁み込むようで、あまり気分がよくない。

土間を上がった六平太は、長火鉢の引き出しから半紙を二、三枚引き抜くと、土間近くの板張りに置く。

その半紙に、塵取りの蛍の死骸を移して包み、包んだ紙の口をさらにきつく捻じって、封じ込めた。

その紙包みを摘まんで土間の草履に足を通すと、路地へと飛び出した。

『市兵衛店』の木戸を大股で潜り出た六平太は、鳥越明神脇に通じる道端にある塵箱の中に紙包みを放り込むと、勢いよく、ばたんと蓋を閉め、

「これでよし」

胸の内でそっと叫んだ。

踵を返した六平太の耳に、微かに読経の声が届いた。

近くの寿松院で、朝の勤行が行われているようだ。
六平太は、『市兵衛店』へと足を速めた。

第二話　願掛け女

一

真上に昇った夏の日が、幾分西に傾き始めたような頃おいである。

木場、深川入船町の平野川に架かる平野橋を八つ（二時頃）に出た猪牙船は、深川洲崎に沿うように、ゆっくりと東へと進んでいる。

船の真ん中で胡坐をかいた秋月六平太は菅笠を被り、膝を揃えて舳先側に座っている。おかねは、女物の菅笠を被っていたから、それが日射し避けになっていた。

浅草元鳥越にある『市兵衛店』の家にばら撒かれていた蛍の死骸を、紙に包んで塵箱に投げ捨てた日の翌日である。

「『もみじ庵』の忠七さんが、急ぎお出で願いたいとの事でございます」

昨日、口入れ屋『もみじ庵』から使いを請け負ったという刻み煙草売りが『市兵衛店』にやって来て、そんな言付けを置いて行った。

その日の昼前に『市兵衛店』を出た六平太は、途中、昼餉の蕎麦を手繰ったあと、神田岩本町にある『もみじ庵』の暖簾を分けて、土間に足を踏み入れた。

「木場の『飛騨屋』さんの、お内儀から、名指しで付添いの依頼です」

親父の忠七が、六平太を見迎えるなり口を開いた。

『飛騨屋』のお内儀というのが、おかねである。

暇つぶしに、『飛騨屋』を訪ねた二日ほど前、おかねから内々に、咳止めのまじないに行く時の付添いを頼まれていたことを、六平太は思い出した。

「『飛騨屋』さんには、明日のなん時に伺えばいいのかね」

六平太が尋ねると、

「昼過ぎの八つに、深川入船町の平野橋の袂にお出で願いたいということでして」

そう返答して、忠七は大きく頷いた。

その翌日の六月二十四日、六平太は刻限前に深川入船町の平野橋の袂に立ったのだ。

おかねが、『飛騨屋』の古手の女中のおきちを伴って現れたのは、永代寺の時の鐘が八つを打ち始めた時だった。

六平太がおかねの手を取って、待っていた船に乗せると、おきちに見送られた猪牙船は洲崎天神の方へと向かったのである。

船は、洲崎弁財天と木置場の間の水路に架かる小橋を潜り抜けて、江戸湾へと漕ぎ出した。

「今日の行先は、どちらで」

六平太が尋ねると、

「築地の本願寺様の近くにある、咳止めによく効く、石像への願掛けなんです」

おかねは、いつものようにのんびりとした声でいうと、

「願掛けに行くついでに、登世の婿取りもお願いするつもりですので、当人は連れて行かないことにしましたのよ」

と、一人娘の名を口にして、小さく笑みを洩らした。

「よく、登世さんに見つからずに家を出られましたね」

「登世は『いかず連』のどなたかと、『白木屋』に買い物に行くことになってましたから、出掛けるなら今日がいいと思いましてね」

おかねが口にした『いかず連』というのは、嫁に行かないことを目的として結集した、登世を含め、深川界隈に住む古い女友達四人組の意気軒高な看板名である。

「その咳止めの石像というのは、築地のどのあたりにありましたかね」

「おや、秋月様がご存じないことがあるなんて、珍しいこと」

おかねが、驚いた顔で六平太に振り向いた。すると、

「場所は、築地川を挟んで本願寺様と向かい合ったところにある、山城国淀藩、稲葉長門守家の中屋敷と聞いてますから、築地川に架かる三之橋あたりに船をつけますよ」

四十を超えたくらいの船頭が、櫓を漕ぎながらそう告げた。

深川沖から、江戸湾を西へ横断するように進んだ船は、築地川へと入り込んだ。

築地川に架かる三之橋の袂で船を下りた六平太は、先に立ったおかねのすぐ後ろに続いた。

橋のすぐ傍にも大名屋敷があったが、おかねはそこを通り過ぎ、築地川の岸辺に沿って東へと向かい、辻番所の置かれた大名屋敷の塀に突き当たった。

「ここですよ」

おかねが指し示した屋敷が、稲葉長門守家の中屋敷のようだ。

咳のまじないは、屋敷の中なので、辻番所の際の通用門から入る習わしになっているという。

「咳の願掛けでございます」

おかねが、辻番所の前に立って声を掛ける。

すると、初老の番人が出て来て、

「婆の石像は、蔵屋敷の前をまっすぐ行けばある」

と、屋敷の通用門を押し開けてくれた。

どうやら、多くの町人が願掛けに訪れる場所のようだ。

長年、付添い稼業をやっていて知ったが、江戸の大名屋敷の何ヶ所かには、国元で祀っていた神社の祭神を江戸屋敷の一隅に勧請した、邸内社というものがある。

その存在を知った者が参拝を望めば、町人であろうと開放される所もあった。

浅草元鳥越に近い、出羽国久保田藩、佐竹右京大夫家の上屋敷には、遠江国に総本山のある秋葉神社があり、火除けの守り神ということで多くの町人や火消したちが参拝に訪れると聞いたことがある。

六平太とおかねは、番人が教えてくれた通り、川に沿って建ち並んだ蔵屋敷の前を東へと進んだ。

すると、行く手の塀際に、高さ二尺（約六十センチ）ほどの、綿帽子を被った婆らしき石像があった。

石像の前には、何かを炒った粉のようなものが散らばっている。

「ここでお願いして咳が治れば、米と豆と餅あられを炒った物を供えて、願解きをするということです」

おかねは石像に正対して立つと、手を合わせた。

願解きの残骸（ざんがい）があるということは、願いの叶（かな）った人が居たということである。

「今度は、爺様（じじ）の石像にお願いします」

おかねが、ゆっくりと歩き出した。

植え込みの間を縫って、ほんの少し離れたところに、同じような石像が立っていた。

おかねに言われなければ爺様だと思えなかっただろうが、婆様に比べれば顔付は厳しく、その上皺（しわ）が多い。

「この爺様と向こうの婆様は、仲が悪いそうなんですよ」

おかねによれば、ここへ来たら初めに婆様に咳止めを頼むのだが、爺様がひがんで霊験を邪魔する恐れがあるので、両方に頼む習わしになっているのだという。

「秋月様は、なにか頼み事はありませんか」

おかねが、後ろに立った六平太に顔を向けた。

「別に、これというものは」

六平太がそういうと、おかねは石像に手を合わせ、瞑目（めいもく）して微（かす）かに口を動かした。

頼むようなことはないと口にした直後、六平太はふと、養子の口の掛かった穏蔵（おんぞう）のことが頭を過（よぎ）った。

このまま毘沙門（びしゃもん）の身内として生きた方がいいのか、それとも養子の道か。より良い方へ進んでほしい。そんな願いを、果たして、咳止めのまじないの石像に託していいものかどうか、迷ってしまった。

「あぁ、これでひと安心」

願掛けを終えたおかねの口から、安堵の声が飛び出した。

六平太は結局、願掛けを出来ないまま、通用門に向かうおかねの後に続いて歩き出した。


浅草御蔵前から鳥越明神へと向かう道に日はなく、黄昏が迫っている。

日は西に沈んだものの、明るみが消えたわけではない。

間もなく、六つ半（七時頃）になろうという時分である。

築地から木場におかねを送り届けた六平太は、築地への行き帰りに使った猪牙船に乗るように勧められて、木場から浅草御蔵前の鳥越橋の袂まで船に揺られて来ることが出来た。

半日の付添いだったが、おかねは付添い料を、相場の倍の二朱（約一万二千五百円）も弾んでくれた。

鳥越明神に差し掛かった六平太が、『市兵衛店』へと向かう小路へと曲がりかけた時、ふと、甚内橋の方に眼を向けた。

鳥越川に架かる小さな橋の袂に佇む人影の顔形は判然としないが、体つきや装りから、『市兵衛店』の住人、弥左衛門のようだった。

甚内橋の方に足を向けようとして、六平太はやめた。

欄干に手を置いて佇む弥左衛門の様子には、声を掛け難いものがあった。

近づくのはやめて、六平太は大股で鳥越明神脇の小路へと入り込んだ。

すると、小路の暗がりの向こうから、人影が足早に近づいて来た。

「おっ、秋月さん、間に合ったねぇ」

声を掛けた人影は、大工の留吉だった。

「間に合ったとは、何にだ」

「これから、居酒屋『金時』で、ただ酒が飲めますよ」

留吉がにやりと笑った。

「半刻（約一時間）前に帰って来て、井戸端で汗を拭いてたら、帰って来た三治の野郎が、ちゃらちゃらと口三味線鳴らしながら通り過ぎようとするから、景気のいい顔をしてるじゃねぇかと声をかけたら、あの野郎、さすがは留吉さん、目利きがいいなどと持ち上げやがって」

「だからなんなんだよ。肝心なことを、すっと話しておくれよ」

六平太のせっかちな気性が出た。

「昨夜は、寄席の後、日本橋大根河岸の旦那衆のお座敷に呼ばれて、賑やかに座を取り持ったら、一両（約十万円）という御祝儀が出たって言うんだ。そしたら三治の野郎、昨夜だけじゃないよ。今日なんか、俳句を嗜む方々とともに、大川を下って品川の御殿山へ行き、吟行のお供をした帰り、屋根船で噺を披露したりひと踊りして見せたりしたら、新川の船着き場で船を下りた時には、またしても御祝儀が二分（約五万円）も出たというじゃないか。それでおれが、たまには酒でも奢れと喚いたら、あの野郎、いいですよぉなんて、気持ち悪い声で承知しやがって」

留吉は、一気にまくし立てた。

三治は、さっき帰って来た熊八と連れ立って、先に『金時』へ行ったという。井戸水で汗を拭いた留吉は、仕事着から急ぎ浴衣に着替えて、これから駆けつけるのだと言って、

「なんなら、秋月さんも『金時』に押し掛けたらいいじゃありませんか」

と、誘いを掛けて来た。

これから夕餉の算段をするのは億劫である。

「よし、おれもただ酒を飲ませてもらおう」

六平太は、留吉の誘いに乗って表通りへと引き返すことにした。

表通りに出た六平太は甚内橋の方に眼を遣ったが、そこにはもう弥左衛門の姿はなかった。

店の戸口と、窓という窓は開け放たれているが、風が通らず、煮炊きの匂いや竈の煙が店の中で行き場を失っている。

居酒屋『金時』は、浅草御蔵前の寿松院門前にあって、いつもは、大川の風が流れ込んで来るのだが、今日はまるで凪のようだ。

六平太、留吉、熊八、それに三治の四人は、出入り口から奥まったところにある板張りで車座になっていた。

日が暮れてから、仕事帰りの職人や行商の連中、御蔵の人足や船頭たちが詰めかけて、低い声で話しては聞こえないほど賑わっている。

お運び女のお船は孤軍奮闘の有様で、注文を聞いては料理を運び、その合間に空いた器を板場に運んで行くという忙しさだった。

「夕方の、船を舫って岸辺に上がった時だよ、御蔵外の中之橋の前で市中引き回しの列を見てしまったよ」

六平太たちの近くで飲み食いしていた船頭らしい男が、連れの男たちに自慢げに話しかけた。

「主殺しってことだから、磔か鋸引だな」

船頭の声は、見世物の様子を言って聞かせているようで、明るい。

死罪の者を人目にさらす市中引き回しは、江戸の大半を回るのだが、浅草今戸橋（いまどばし）で引き返した行列が浅草御蔵前の往還を通って小伝馬町（こでんまちょう）の牢（ろう）屋敷に戻った後、罪人は処刑される。

「罪人で思い出しましたがね」

　身を乗り出すようにして、熊八が口を開いた。

「熊さんなんだい」

　留吉が、酒に酔ってとろんとした眼を向けた。

「鳥越明神の向こうにある甚内橋ですがね、あれは、向坂甚内（こうさかじんない）という人にまつわる橋の名だそうですよ」

　熊八は、面白い話や古来の言い伝えなどにも通じているのだが、決して大袈裟（おおげさ）な物言いをしないところがいい。

　大道芸人の熊八は、願人（がんにん）坊主になって門付けをしたり、節季候（せきぞろ）や三河万歳（みかわまんざい）になったりと、季節ごとに様々なものをやってのけるので、周りからは〈なんでも屋の熊八〉と称されている。

〈鹿島の事触れ（かしまのことぶれ）〉になった時など、禍（わざわい）の恐ろしさを説いて回って怪しげなお札を売りつけたり、世上の様々な出来事を語り歩いて小銭を稼ぐ〈ちょんがれ〉にもなったりするので、六平太が知らないような話もよく知っているが、真偽が定かでないこともよくあった。

「その、向坂甚内てのは、いったいどこのどなたで」

そう言って、三治は盃に残っていた酒を一気に呷った。

「一説によれば、甲州武田の臣、高坂弾正の子孫とも、下総の向坂を根城にした風魔の一族の頭ではなかろうかという噂もありますがね」

「風魔の一族たぁ、なんだい」

酔った留吉がうつろな眼で口を挟んだ。

「ラッパともスッパとも呼ばれ、敵方に忍び込んでは内情を探ったり、攪乱したりした、いわば忍びの者ですが、戦に明け暮れた戦国の世が遠くなり、忍びの働き口が無くなると、ほかに働き口を見つけなければならなくなるわけで、忍びの技を用いて働くとすれば、大方、盗賊ですな」

「なるほど」

三治は、熊八の名説を聞くと、軽く唸って腕を組んだ。

熊八の説には、六平太も大いに頷ける。

去年の夏に捕まって、秋には死罪となった鼠小僧次郎吉の例もある。

初手は建具職人だったものの、とび職に転ずると、普請場の屋根、柱と柱を繋ぐ梁を歩くことを身に付けた次郎吉は、その後、数々の武家屋敷に忍び込んで金を盗むという荒稼ぎをしたのだ。

「向坂甚内は、死罪になる前、千人を超す盗賊を束ねていたとも言われております」

「へぇ、死罪になったのか」

三治が、関心を寄せた。

「それもこれも、逃亡の途中、持病の瘧（おこり）に罹（かか）ったことで捕縛され、慶長（けいちょう）十八年、鳥越の刑場で果てたのです」

熊八は、『金時』の西の方を指さした。

「瘧というと」

三治が首を捻ると、

「繰り返し熱が出たり、寒気や震えが起きたりする、おこりやみとも称する病ですよ」

熊八は明快に返答した。

「けど熊さんよぉ、刑場っていうなら、小塚原（こづかっぱら）だろう」

留吉が、握っていた箸で北の方を指した。

「いいえ。その当時は鳥越川近くに刑場があり、小塚原が刑場になったのは、その後のことでして」

熊八は、留吉の異議に動ずることもなく落ち着いて答え、さらに、

「甚内は、己が瘧に罹っていたばっかりに捕まってしまったのだと大いに嘆き、自分が死んだあと、この病に悩む者があったなら、祈願次第できっと治してやろうと言い残して、刑場の露と消え、以来、向坂甚内は瘧に効く〈神様〉として、鳥越の野に祀られ、そののち出来た橋には、甚内橋の名が付けられたという言い伝えがあるのでございます」

「なぁるほど」

大きな声で唸った三治が、盃を口に運んだ。

「甚内橋はただの橋じゃなかったか。いや道理で、時々、夜中通りかかる時なんか、低く唸る声が橋の方から聞こえることもあったなぁ」

盃の酒を飲み干した留吉が、しみじみと口にした。

ふと、周りの静けさに気付いて見回すと、熊八や留吉、それに三治の話は、周りで飲んでいた連中の耳目を集めていた。

二

朝方、青空が広がっていた空に、雲が湧き出している。

真上近くに昇った日が、時々、流れる雲に隠れた。

筋違橋を渡った六平太は、今川橋の方へ、急ぐでもなく歩を進めている。

居酒屋『金時』で、甚内橋の謂れを熊八から聞いた翌日である。

日が昇ってから目覚めた六平太が、遅めの朝餉を摂っていると『もみじ庵』の使いが来て、昼過ぎにおいで願いたいという、忠七の言付けを置いて行った。

応じることにしたものの、昼過ぎまではかなりの間があった。

朝餉の片づけを終えると、町内に一軒ある髪結い床へ行って結い直し、その後は不忍池へ足を延ばし、池の畔の鰻屋で白焼きを腹に収めてから、神田岩本町の『もみじ庵』へと向かったのである。

日本橋の大通りは、相変わらず人の往来が多い。

富士山の山開きから、そろそろひと月が経とうというこの時節は、いつものことながら、白装束を身にまとった富士講の一団をよく見かける。

神田下白壁町を過ぎ、紺屋町へと曲がったあたりで、空が俄にかき曇り、ぽつぽつと降り出した。

大粒の雨ではないが、先を急いだ。

日照り続きで乾いていた道は砂ぼこりが立たなくて幸いだろうが、傘も菅笠もない六平太は弱った。頭に手をかざしたが、何の役にも立たない。

ずぶ濡れになる前に、六平太は口入れ屋『もみじ庵』の土間に飛び込んだ。

「ほらよっ」

帳場のある板張りに腰掛けて茶を呑んでいた男が、声と共に手拭いを投げてくれた。

「すまねぇ」

手拭いを受け取って、ふと男を見ると、時々、『もみじ庵』で顔を合わせる、体格のいい髭面の男だった。

「仕事は終わったのかい」

六平太が声を掛けると、

「さようさ。北国の大名家の登城の人足だったんだが、最前着替え終わったところですよ」

髭面の男は、顔や首を拭く六平太に笑みを向けた。

板張りの上では、髭面の男の他にも三人の男たちが、手甲脚絆を外したり、足軽の装りから着替えたりしている。

「ありがとうよ」

顔などを拭いた六平太が、髭面の男に手拭いを返したところに、奥から土瓶を手にした主の忠七が現れた。

「秋月様、おいでてしたか」

土瓶と幾つもの湯呑を載せたお盆を板張りに置くと、忠七は帳場に座り込み、

「着替えたら、冷めた麦湯でも飲んでお行き」

と、男たちに声を掛けた。

「おれらはこれから行くところがあるんで」

髭面の男が腰を上げると、

「麦湯はまたの時にいただきます」

着替え終わった男たちは口々に辞去の言葉を投げかけて、髭面の男に続いて表へと出て行った。

「いただくよ」

六平太は、湯呑をひとつ取って、土瓶の麦湯を注いだ。

「秋月様においでいただいた用件は付添いではありませんで、日本橋堀江町の湯屋に詰めていただけないかということなんですが」

「湯屋？」

思わず、口に運びかけた湯呑を止めた。

「そこの、『天神湯』ってとこなんですがね」

「湯屋に詰めるというと、つまり」

混乱した六平太は、湯呑を板張りに置いて忠七を向いた。

「『天神湯』では前々から、板の間稼ぎが横行しているのですが、主人の善次郎さんは、後々の面倒を嫌がりまして、いちいちお役人に届けることをしなかったんですな。これがどうも裏目に出たようで、『天神湯』に行くと物を盗られるという悪評が広がりまして、客が減ったというんですよ」

忠七が口にした板の間稼ぎというのは、湯屋などの脱衣場で、人の着物や金ばかりか、持ち物や履物を盗む連中のことである。

困り果てた『天神湯』の主人は、それでも役人に届けることには及び腰で、湯屋の中に見張りを置けばいいのではないかと思いついた。

板の間稼ぎが盗みをしようとするのを見張りに見つけさせ、懲らしめて追い払えば穏便に行くと踏んで、『もみじ庵』に人集めを頼み込んだのだった。

「板の間稼ぎはただのコソ泥だから取るに足らないと思うお方もおいででしょうが、十両盗めば死罪になるような稼業ですから、向こうも必死です。その辺りの素人では、いざという時危ない目に遭いかねません。それで、こういう見張りには、やはり荒事にも臆することのない腹の据わった男か、武芸の心得のある秋月様のようなお人が一番だと思いまして、お呼びたてしたんでございますよ」

いつもは歯の浮くような誉め言葉など口にしない忠七が、珍しく揉み手をしながら滔々と仔細を述べた。

「しかし、詰めると言ったって、湯屋は朝から夜までの一日仕事だぜ。どこにどう詰めればいいんだい」

六平太は元鳥越の馴染みの湯屋に行っているから事情に明るい。

湯屋は大体、朝の五つ（八時頃）から夜の五つまで開いている。

「一日中湯に浸かっているわけじゃありませんよ。むしろ、それじゃ板の間稼ぎの見張りにはなりません。それに、『天神湯』の主人が言うには、日本橋界隈の旦那衆や稼ぎの良い河岸の連中が押し掛ける昼過ぎに来てくれればいいということです」

「あぁ、それなら少しは楽だな」

「それに、毎日ではなく、三日に一度くらい来てくれればいいのだとも、向こうは言ってました」

「それは助かる」

「秋月様に、一人、二人捕まえていただければ、『天神湯』には凄腕の見張り番がいるという噂が流れて、板の間稼ぎが避けて通るのではないかというのが、向こう様の思惑でございます」

忠七は、脱衣場の見張りの手間賃は、夕餉代湯銭込みで一日一朱だという。

湯屋の見張りに毎日通うのは気が重いが、三日に一度ならなんとかなりそうな気がする。

「分かった。受けよう」

六平太が返答すると、

「それじゃ、いまからすぐに『天神湯』へ行って、主人の善次郎さんを訪ねて下さい」

忠七に急かされるようにして、六平太は『もみじ庵』を後にした。

六平太は、雨の上がった道を、小伝馬町の牢屋敷を右手に見ながら、南へ向かっている。

『天神湯』のある堀江町二丁目は、堀江町入堀の西岸である。

堀江町の西方には、江戸の商業の中心である日本橋の表通りが南北に貫き、縦横に交わる小路の至る所にまで買い物の客が押し掛ける。

日本橋が架かっている日本橋川の流域一帯には、魚河岸や芝河岸など様々な河岸があって、朝暗いうちから川面には船がひしめき、荷車や棒手振りたちが通りを走り回る。

日本橋の東には、芝居小屋のある葺屋町、堺町という芝居町があり、多くの人々を集めていた。大小の商家、職人たちの家が集まっている一帯には多くの人たちが暮らしている分、湯屋も繁盛していた。

『天神湯』は、小船町二丁目との間を南北に貫く小路の東側にあり、近所には乾物屋の『八木長』や千代紙の『いせ辰』、扇子の『伊場仙』もある。

小路からは聳え立っている煙突が眼に入り、『天神湯』の場所はすぐに分かった。

『天神湯』の裏に回って、湯釜の焚口に行くと、褌一つになった風呂焚き男が屈みこんで火加減を見ていた。

「神田岩本町の口入れ屋『もみじ庵』から、主の善次郎さんを訪ねるよう言われて来たんだが」

六平太が声を掛けると、風呂焚きの男はいかにも面倒くさそうに、眉間に皺を寄せて振り向いた。

が、相手が刀を差した浪人と分かると、

「呼んで来ますよ」

愛想笑いを作って、積まれた廃材の間を縫って奥の方へと立ち去った。

主の住まいは、どうやら『天神湯』の裏手にあるようだ。

朝から騒々しい日本橋や江戸橋一帯も、昼下がりともなると、町は落ち着いている。

時々、何ごとか叫ぶ男たちの声が届くが、近隣の河岸で荷の上げ下ろしをしている人足たちのものだろう。

大八車が通り過ぎる音や、芝居町の方では微かに太鼓の音もする。

「『天神湯』の善次郎ですが」

風呂焚き男を従えて現れた男が、名乗って軽く揉み手をした。

「『もみじ庵』から来た秋月という者だが」

「へぇ。仕事をお願いする前に、一通り中の説明をしようと存じますが」

善次郎は、六平太の返事は聞かず先に立って、『天神湯』の表へと向かった。

『天神湯』の左右には髪結い床や居酒屋があり、善次郎は男湯の入口に下がった、紺地に白抜きの『天神湯』の暖簾を割って、六平太を土間へ招じ入れた。

「旦那、何ごとで」

番台に座っていた五十ほどの半白髪の男が、善次郎に声を掛けた。

「例の、口入れ屋に頼んでいた見張りだよ」

番台の男に答えながら土間を上がった善次郎の物言いに蔑(さげす)みの匂いを感じたが、それは我慢して、六平太は土間に脱いだ草履を手にした。

湯屋では、履物は下足棚に置くことになっている。

「秋月様、安物の草履ではなさそうですから、それは番台に預けた方が」

声をひそめた善次郎が、六平太の草履と自分の草履を番台の男に手渡すと、

「お預かりします」

と、男は番台の陰に隠した。

「子供と二人だよ」

番台の向こう側の女湯の出入り口から、女の声がすると、

「子供は六文（約百二十円）だから、合わせて十四文（約二百八十円）だ」

番台の男は答えた。

「板の間稼ぎが、湯屋に来て一番に狙うのは、着物や履物です。自分は安い物を履いて来たのに、帰りは他人の高そうなものを履いて帰ったり、草履を懐に入れて帰ったりします」

六平太と並んだ善次郎は、声をひそめて脱衣場を見回した。

湯屋の作りは、六平太が通う浅草森田町の『よもぎ湯』とほとんど変わらない。

『市兵衛店』のある元鳥越にも湯屋はあるのだが、浅草御蔵で働く船頭や人足たちが押し掛ける『よもぎ湯』は活気があっていい。夏の夕刻など、風呂上りに大川の岸辺に立てば川風が心地よいのも、大いに気に入っている。

六平太は、いつ行っても、日に何度入ってもいいという『よもぎ湯』の羽書を、百四十八文（約二千九百六十円）払って、毎月買っている。

『天神湯』も『よもぎ湯』と同じように、履物を脱いだ先には脱衣場があって、洗い場に向かう板壁には膏薬などを売ろうとする薬屋をはじめ、煙草屋、料理屋の引き札が貼ってあった。

三人の男たちが身体を洗っている洗い場の先に湯槽があるが、そこへは柘榴口を潜

って行かねばならない。

「板の間稼ぎは、なにも高い物だけを盗むわけじゃないというのをお忘れになりませんよう」

「というと」

六平太は、声をひそめた善次郎に倣って、小声で聞き返した。

「無論、奴らの狙いは金ではありますが、褌や腹掛け、擦り切れた帯なんかも盗んでいきますから始末が悪いんです」

「褌が金になるのかね」

六平太は、俄には信じられなかった。

「なります」

低い声ながら、善次郎はそう断じた。

買い値は高くないが、褌は洗えばなんにでも使える布で出来ているから、そこそこ買い手はあるらしい。

「ただ、金目のものを狙う板の間稼ぎは、一階ではなく、二階の客の持ち物を狙います」

そういうと、善次郎は先に立って、番台の横の階段を上がって行った。

二階は、湯に入った後、客が寛ぐ場所だということは、六平太も知っている。

ゆっくりしたいときは、ごろりと寝転んで体の熱気を冷ましたり、顔見知りと将棋に興じたりもする。

二階に上がるには、湯銭の八文（約百六十円）とは別に、さらに八文をはらわなければならないから、金に余裕のある武家や商家の者たち、稼ぎの良い河岸の連中が客となるのだという。善次郎に続いて二階に上がった六平太の眼に、のんびりと寛ぐ男たちの姿が飛び込んだ。

茶を呑みながら菓子を口にしている初老の二人連れもいれば、煙草を喫んでいる商家の主風の老爺もいる。脱衣棚の前で、真新しい褌を締めている男の姿もあった。

畳に座って爪を切る男の横で、汗を拭きながら、目尻を下げて畳に眼を向けている男がいた。六平太の行く『よもぎ湯』にもあるが、畳に設えられた小窓から女湯を覗いているようだ。

「秋月様には、この二階で見張りをしていただきます」

茶菓の用意された一角に座ると、善次郎がそう切り出した。

「二階は、番台の者の眼がありますが、時々、使った湯呑や茶の葉を替えたり、菓子の補充に来たりするくらいで、ここまでは手が回りません」

「だが、二階には鍵付きの脱衣棚があるのでは」

「ありますが、鍵を持って下に行くお方もあれば、鍵をかけずに離れるお方もおいでです。棚を開けて中の着物を盗む者もなくはありませんが、板の間稼ぎがここで狙うのは、囲碁や将棋に夢中になったお方が、畳に脱いでしまった羽織、煙草盆近くに置いた値の張る銀煙管(ぎせる)や煙草入れ、扇子、手拭い、足袋(たび)や根付(ねつけ)などでして」

そこまで口にした善次郎は、はぁとため息をついた。

これまで、『天神湯』で起きた板の間稼ぎによる被害の数々を改めて口にして、悔しさがこみあげて来たのかもしれない。

「出来れば、たった今から見張りを頼みたいのでございますが」

揉み手をした善次郎の頼みに、六平太は応じることにした。

三

「ちょっと、お侍、ご浪人」

耳元近くで男の声がして、その上、肩を揺すられた六平太はぼんやりと目覚めた。

眼の前に、向こう鉢巻(はちまき)をした男の顔が迫っている。

「なにか」

「何かじゃありませんよ。旦那によれば、お前さん二階の見張りだっていうじゃありませんか」

「そうだが」

刀を抱くようにして眠り込んでいた六平太が、板壁に凭れていた背中を伸ばした。

「二階のお客が着物を盗られたって、下で番台に詰め寄ってるぜ」

向こう鉢巻の男の言葉に、六平太は息を呑んだ。

どのくらい寝ていたか分からないが、寝てしまっていたようだ。

見張りをしようと、階段の下り口や二階全体が見渡せる脱衣棚近くに、刀を抱いて胡坐をかいたのは覚えている。

昨夜はちゃんと寝たし、寝不足ではなかった。

ただ、畳の下から、湯の温もりのようなものが尻に伝わり、身体がとろけそうになるのを懸命に堪えたところまでは覚えていたが、その後、寝入ってしまったようだ。

「あんたは」

「一階と二階の片づけや三助も務める、仁助ってもんだよ」

向こう鉢巻の男がしかめ面で名乗った。

「いま、なん時かね」

「七つ（四時頃）ってとこだね」

仁助の言うことに間違いなければ、六平太は半刻近く寝ていたことになる。

突然、階段を上る何人かの慌ただしい足音がして、善次郎が、褌姿の男と共に二階に駆け上がってきた。

「秋月さん、見張りのくせに、い、い、いったいここで何をしておられたんですかっ」

善次郎は、六平太の前に突っ立って喚いた。

「こちらのお客さんが、浴衣と帯が無くなったって仰るんだがねっ、あなた、板の間稼ぎにお気付きにはならなかったんですかっ」

六平太には、返す言葉もなかった。

「春香堂さん、実を言いますと、こちらのご浪人は板の間稼ぎの見張りでして、今日雇い入れたばっかりなんですよ」

善次郎の物言いには、六平太一人に責めを押し付けようとする匂いがあった。

「臙脂の地に白抜きで、茶巾袋の模様の浴衣なんですがね」

四十近い褌の男は、惜しいような顔つきではあったが、特段、怒っている様子ではない。

「それが」

事情を話して謝ろうと、六平太が膝を揃えた時、

「このご浪人、ついさっきまで寝てましたぜ」

仁助の言葉に、

「なんですって」

善次郎の怒りが頂点に達した。

「申し訳ない」

六平太は善次郎にも、褌姿の男にも素直に頭を下げた。

「あなた、うちが、お金を払ってまで、口入れ屋から見張りを雇い入れたのは何のためだとお思いですかっ」

善次郎の怒りには、ただ黙るしかない。

「今後のことは、『もみじ庵』さんと話し合って決めますから、今日はもう、このまま引き取ってもらいます」

善次郎の眼は吊り上がっていた。

一言もなく、六平太は刀を杖にして、もぞもぞと腰を上げると、階段の方に向かった。

「盗られた着物代は、こちらでなんとかしますので、どうか穏便に」

おもねるような善次郎の声を、六平太は階段を下りながら聞いていた。

『天神湯』を後にした六平太は、まっすぐ北の方に歩を進めている。

六平太のしくじりは、『天神湯』から『もみじ庵』に知らされるだろうが、忠七にはその前に知らせておこうと、神田岩本町に向かうことにした。

小伝馬町の牢屋敷の角に差し掛かったところで、六平太は足を止めた。

『天神湯』の善次郎は、今後のことは話し合うと言っていたのだから、わざわざ『もみじ庵』に顔を出して、忠七の嫌味を浴びることはないではないか――六平太はそう踏ん切りをつけると、本石町三丁目の方へ道を変えた。

日本橋へ通じる大通りへ出た六平太は、右に曲がって今川橋の方へと向かった。

今川橋を渡り、鍛冶町二丁目の四つ辻を横切ろうとしたところで、

「秋月様じゃありませんか」と、声が掛かった。

下駄新道の方から、下っ引きを従えた目明かしの藤蔵が現れ、六平太の前で足を止めた。

「付添いのお帰りですか」

「いや、仕事は仕事だが、付添いの方じゃなくてね」

苦笑いを浮かべた六平太は、堀江町の『天神湯』に板の間稼ぎの見張りとして雇われたものの、二階で眠ってしまい、客の浴衣が盗まれたことで叱責され、今日は帰されたのだと、洗いざらい打ち明けた。

「秋月さんともあろうお方が」

藤蔵はそういうと、若い下っ引き共々、可笑しそうに笑みを浮かべた。

「『春香堂』というのは、どこかで聞いたことがあるな」

藤蔵が呟くと、

「堺町のなんとかって芝居茶屋の隣りの茶舗ですよ」

下っ引きが迷いもなく口にした。

「しかし、秋月さんが湯屋の見張り番とは、もったいない」

藤蔵は真顔で呟いた。

「楽に稼げると思ったのが身の不運だ。ともかく、あとは『もみじ庵』の親父と話をするらしいから、こっちは首を洗って待つしかねぇよ」

笑ってそういうと、六平太は藤蔵と下っ引きに軽く手を上げて、神田川方面へ向けて歩き出した。

夜明けと共に起き出した六平太は、空の釜に米を二合入れると路地へ出て、井戸端へと向かった。

昨日、『天神湯』から追い返された後、『もみじ庵』からはなんの音沙汰もなかった。

主人の善次郎の剣幕からすると、『天神湯』の見張りの仕事はおそらく失うことになるだろう。

六平太は、小さくため息をついて、米を研ぎ始めた。

「お、早いね」

大工の道具箱を担いで家から出て来た留吉が足を止めた。

「熊さんは、もっと早かったぜ」

六平太は、襌に裾の短い着物を羽織っただけの熊八が、ついさっき出掛けて行ったのを、家の中から見掛けたばかりである。

「それじゃ」

「おう」

六平太は、道具箱を鳴らして木戸を潜って行く留吉の背中に声を掛けた。

「どうしたんだい」

木戸の向こうから、留吉の素っ頓狂な声がした。

「秋月さんなら、米研いでたぜ」

そんな声がして、道具箱の鳴る音は遠ざかった。

「秋月さん」

熊八の密やかな声を、六平太は背中で聞いた。

振り向くと、熊八が木戸の外から手招きをしていた。

「なんだい」

「鳥越明神で、珍しい女の方がお待ちです。誰にも知られず来て欲しいということです」

熊八は、真顔で囁くとすぐ、表通りの方へすたすたと歩き去った。

『市兵衛店』から鳥越明神までは、指呼の間である。

六平太は、井戸端から丸腰のまま鳥越明神の境内に足を踏み入れた。

足音を聞きつけたのか、楠の太い幹の陰から、女がそっと顔を出した。

「なんだ。お竹さんじゃないか」

「しっ」

お竹は、唇に指を立てて、楠の陰から姿を現した。

「弥左衛門さんには、このこと知られなかったでしょうね」

辺りに眼を配るようにして、お竹が尋ねた。

「あぁ」

六平太は訝りながら、そう返事をした。

お竹は、『市兵衛店』の弥左衛門の家に通っていた女中だが、最近になって辞めたことを、聞いたばかりだった。

「付添いを稼業にしておいでの秋月様に、折り入ってお願いがあって来たんでございます」

お竹が、小さく首を垂れた。

「というと」

「この年で、その上、こんなに太った体で茗荷谷の方に一人で行くのが、少し心細くなりましてね」

そう口にしたお竹は、袖の上から自分の腕をさすって、苦笑いを浮かべた。

酒樽のような体形をしているものの、女中として働くお竹の身のこなしに、これまで、重々しさを感じることはなかった。

「茗荷谷には、何の用なんだ」

「林泉寺門前の、縛られ地蔵に願掛けに行きたいんですよ」

お竹さんも願掛けか——そう口にしそうになり、六平太は慌てて言葉を呑み込んだ。

先日のおかねに続いて、お竹の用事も願掛けだった。

「それで、願掛けは何時だね」

「出来れば、今日、これからお願いしたいんです」

お竹の顔付きは真剣だった。

「分かった。一度、『市兵衛店』に戻って支度をするよ」

「あの、ここじゃ人目がありますから、向こうの三味線堀でお待ちしますので」

と、お竹は、西の方に掌を向けた。そして、

「このことはどうか、弥左衛門さんには内密にお願いします」

「あぁ。分かった」

六平太は頷いて、踵を返した。

『市兵衛店』に向かいながら、六平太はふと小首を傾げた。女中として働いていた時分の底抜けに明るかった様子が、今日のお竹からは窺えなかった。

心に何かを抱えているからこその願掛けなのだろうか。


六平太とお竹は、湯島天神裏の坂道を上り切ったあと、本郷三丁目の四つ辻を突っ切って、水戸中納言家の上屋敷裏を、小石川仲町の方へ向かっている。

鳥越明神から一旦『市兵衛店』に戻った六平太は、懐に金を入れ、刀と菅笠を手にして家を出た。

「お出かけで」

お常に声を掛けられた六平太は、

「うん、ちょいと茗荷谷の方へね」

そう返事をして木戸を潜ったのである。

お竹が危惧していた弥左衛門と顔を合わせることはなかった。

水戸家屋敷を通り過ぎ、伝通院の表門の前に差し掛かる頃になると、日はだいぶ上いる。


六平太は菅笠を被っていたが、笠の用意のないお竹は、額にじわりと汗を滲ませて
がっていた。

「茗荷谷の林泉寺の縛られ地蔵っていうのは、どんな願掛けに効くんだい」

六平太は、鳥越明神で会った時から気になっていたことを尋ねた。

「こんな願掛けに効くというものはなさそうですがね」

「お竹さんは、何を頼むつもりだね」

六平太が問いかけると、

「わたしとは別のところに住んでいた、実の弟がいるんです」

返事に迷ったのか、お竹は、ほんの少し間を置いてから口を開いた。

そう度々会うということはなかったが、月に一度ほど、折に触れてはお互いの住まいを訪ねる姉弟だったという。

ところが、先月の初めに顔を合わせたきり、六月になってから今日まで、音沙汰がないのだと言って顔を曇らせた。

それで、弟の知り合いを訪ね歩いて行方を聞くと、皆が皆、困り果てたように、お竹から眼を逸らした。

「これはおかしいと、相手にしつこく聞くと、弟は死んだという答えが返ってきまし

た」

　絞り出すようなお竹の声に、六平太は思わず足を止めた。すると、

「それも、殺されたというじゃありませんか」

　お竹の口から飛び出した思いがけない話に、六平太は言葉を失った。

「弟の仲間から話を聞いて、殺したのが誰かおおよそのことは分かっていますから、わたしは必ず仇を取るつもりで、願掛けに行くのです」

　抑揚もなく低いが、お竹の言葉には並々ならない意志が窺えた。


　小石川御簞笥町の通りをまっすぐ西へと進めば大塚仲町へと至る。

　大塚仲町を左に曲がって富士見坂を下れば、護国寺門前はすぐそこにあるのだが、お竹は、小石川御簞笥町の向かい側の小路を左へと曲がり、急坂を下った。

　角を左へ右へと曲がりながら下ると、谷の底らしい場所に密集している武家屋敷の通りに出た。左の方へ緩やかに下る坂道を、お竹は右へ折れた。

「あそこです」

　お竹は、緩やかな坂道の上の方を指さした。

　初めて眼にする崖の斜面に建てられた寺が、林泉寺らしい。

　門前の路傍に、素人が手作りで建てたような粗末な屋根付きのお堂があり、その中

に、三尺ほどの石の地蔵が安置されていた。

その地蔵の身体には無数の縄が巻かれており、縛られ地蔵と呼ばれているわけが一目で分かる。

袖の袂から一本の縄を取り出したお竹は、

「願掛けをしに来た人が、お地蔵様に縄を巻き、願いが叶ったら解きに来ることになっているんですよ」

そう言いながら、持参した縄を地蔵の身体に巻き付けて縛った。

手を合わせ、お竹は瞑目した。

地蔵に巻かれた縄の中には、古く朽ちた物があった。

解かれない縄がかなりの数残っているところを見ると、叶えられなかった願いが、いまだに地蔵の身体にしがみついているようで、六平太はふとおぞましさを感じた。

「この願掛け地蔵は霊験あらたかだといいますから、案外早く、縄を解きに来られるような気がしますよ」

地蔵を見詰めているお竹の横顔に、ふと小さな笑みが浮かんだのを、六平太は眼の端に見た。

「これから坂を上って上の道を引き返すのは難儀ですから、この道を南の方に下りませんか」

願掛けを終えたお竹の申し出を、六平太は何の異存もなく受け入れた。

この一帯に坂が多いことはよく知っているし、谷底の道をゆるゆると下って、神田上水のところまで行きつく手がよさそうである。

「それより、お竹さんはどこへ戻るんだい」

「本郷の通りに戻って、駒込（こまごめ）追分の方へ行こうかと」

「それじゃ、このまま下って、途中で上の通りに出ようか」

「へぇ」

お竹は大きく頷いた。

帰りは、六平太がお竹の半歩先を歩くことにした。

谷間の武家屋敷の中を下る道は、昼前だというのにひっそりとしていて、人の姿を見かけることもなかった。

「弥左衛門さんの家の女中はやめたそうだが、その後はどうしてたんだね」

六平太は、軽い気持ちで問いかけた。

「弟の事ばかり思い出して、仕事も何も手につきませんでしたよ」

微かに苦笑したお竹から、そういう言葉が返って来た。

お竹に何か尋ねれば、死んだ弟の話になってしまいそうで、この後しばらくは口を噤（つぐ）むことにした。

すると、お竹が話しかけて来ることもなかった。

六平太は、御先手組(おさきてぐみ)の組屋敷が建ち並ぶ大縄地沿いにある三叉路(さんさろ)で足を止めた。

「ここを右に曲がって下り、神田上水沿いに水戸家のお屋敷を通って行く手もあるが、本郷の通りに出るには遠回りだ。近いのは、このまままっすぐ行く道だが、切支丹坂(きりしたんざか)の先には、石段がある」

「わたしは、近い方が」

お竹から即答が返って来た。

「分かった」

六平太は、大縄地の間を突っ切る道へと進んだ。

背後からお竹の下駄の音が続いて来る。

御先手組の組屋敷が途切れ、大身(たいしん)の旗本のお屋敷の間を上る小道が切支丹坂だった。

四

坂を上り切り、行く手に建ち並ぶ組屋敷の大縄地の中の石段が見える辺りに差し掛かった時、突然、三叉路の陰に潜(ひそ)んでいた人影が飛び出して来た。

頬被(ほおかむ)りをした男の手元で、何かがきらりと光った。

光ったものが匕首だと分かった途端、

「ひっ」

と声を上げたお竹の下駄の音が、慌てふためいたように遠ざかって行った。

頬被りの男は、なんの前触れもなくするすると近づいて六平太に匕首を突き出した。

咄嗟に体を躱しながら、六平太は脇差を引き抜いて腰を落とし、相手の二の太刀に備えた。

「短ぇ刀を抜きやがって、おれを、甘く見るんじゃねぇよっ」

低い声で鋭く言い放った男は、左右に身を動かしながら、匕首を何度も突き入れ、突いたかと思うと、斜めから振り下ろしたり横に払ったりと、素早い動きを繰り出して六平太の態勢を崩しにかかった。

動きひとつとっても、男は刃物の闘い方に慣れていると思えるし、匕首の捌きも鋭い。

「お前ぇ、ただの物取りじゃあるめぇ。おれを知っての上で、狙って来やがったな」

六平太が声を発したが、男はなにも答えず、隙を見つけたら逃すまいとでも言うように、じりじりと足を動かして間合いを測っている。

六平太は、脇差の峰を返した。

斬り殺すつもりはない。

死なれては、六平太を狙うわけを聞くことが出来なくなる。

「たぁっ」

飛び込んできた相手の胴に峰打ちを叩き込もうとすると、男は咄嗟に匕首を口に挟んで宙を跳び、武家屋敷の塀から飛び出た松の枝にぶら下がり、弾みをつけて、六平太から離れたところに降り立った。

六平太はすかさず脇差を振るった。

頬被りの男は予期していたように躱したものの、息が乱れていた。

動き回って息が上がっている。

それにつけ入るように六平太は詰め寄り、さらに脇差を振るった。

疲れさせようとする六平太の狙いに気付いたのか、男は忌々しそうに呟くと、石段を駆け上がって行き、姿を消した。

「ちきしょう」

声は若く、年は、二十を三つ四つ越したくらいだと思える。

脇差を鞘に納めた時、六平太の頭の中を何かが掠めた。

たった今対峙した男の、鋭い匕首捌きをどこかで見たような気がする。

八日前の夜、『市兵衛店』の六平太の寝間に忍び込んだ男の匕首捌きも鋭いものだった。

いや、それだけではない。

五月の末、夜の不忍池の畔で、顔を隠した五人の男たちに刃物を向けられたこともあった。

それにしても、こう立て続けに襲われるのはどういうことか。

これほど烈しい殺意を向けられるからには、偶然ということはあるまい。

おれは狙われている——六平太は、そう感じ取っていた。

「お竹さん」

どこかに身を隠していると思って名を呼んだが、お竹はついに姿を見せなかった。

「しまった」

付添い料を貰い損ねたことに気付いて、思わず、呟いてしまった。


音羽桜木町に差し掛かったところで、鐘の音が鳴りはじめた。

九つ（正午頃）を知らせる、目白不動の時の鐘だ。

小石川の御先手組の大縄地で男と刃を向け合った後、六平太は行先を変えた。

本郷の通りまで送るつもりだったお竹がいなくなったので、小石川からほど近い音羽に向かうことにしたのだ。

護国寺門前から音羽桜木町まで、緩やかに下っている広い参道の一番下に立った六平太は、坂上に聳える護国寺の仁王門に眼を遣った。

さて、どうするか——六平太は迷った。

関口駒井町のおりきの家に寄るか、居酒屋『吾作』に行って昼餉を摂るかである。

「秋月様」

聞き覚えのある声がして、参道の西側の小路から、毘沙門の甚五郎の身内である六助が姿を現し、

「お早いお着きで」

と、目を丸くした。

「早いとはなんだい」

「音羽にお出で願いたいといううちの親方の言付けを持って、竹市が元鳥越に向かったのが一刻（約二時間）前でして」

「おれは、五つ前には『市兵衛店』を出ていたからなぁ」

六平太は頰を撫でると、

「親方は今、家にお出でかね」

「いいえ。おりき姐さんと、たった今、菊次あにさんの『吾作』に向かったばかりでして」

「じゃ、『吾作』に行ってみるよ」

六助に軽く手を上げると、六平太は坂の上へと足を向けた。

居酒屋『吾作』があるのは、表通りと並行して、一本西側を南北に走る小路である。音羽八丁目だから、表通りを二町（約二百十八メートル）足らず上がったところを左に曲がった先にある。

表通りは、町の商人や荷車、江戸の町を担ぎ商いをする連中に加え、護国寺に参拝の人や庭見物に訪れた人で、日が落ちるまで賑わう。

それに比べて、昼の裏道に人は少ない。

裏道が混み出すのは夕刻からである。

護国寺門前には岡場所があり、話次第で相手をしてくれる女を求める男たちが押し掛けるのは、大抵、日暮れ近くになってからが常だった。

「いらっしゃい」

六平太が、暖簾を割って『吾作』の中に入ると、料理の載ったお盆を運んでいたお国（くに）が声を掛け、

「菊次さん、秋月様ですよ」

と、板場にも声を掛けた。

「兄ィを奥の部屋にご案内」

菊次が、板場から首を伸ばしてお国に命じた。

「奥の部屋ぐらい、一人で行けるさ」

笑って手を横に振り、お国の案内を断った六平太は土間を突っ切って奥へと進んだ。

奥の厠(かわや)へも続く細い通り土間へ入るとすぐ、右手に六畳ほどの広さの部屋があり、そこに、並んで座ったおりきと甚五郎の向かいに、畏(かしこ)まって座っている八王子(はちおうじ)の豊松(とよまつ)の神妙な顔があった。

「六平さん、早いね」

おりきが、先刻の六助と同じような物言いをした。

六平太は、付添いの仕事で茗荷谷に来たついでに音羽に足を延ばしたのだと言い、

「さっき、親方の使いが元鳥越に向かったということを六助さんから聞いたので」

と、経緯を説明した。

「いえね、日本橋の絹問屋に行っていた豊松さんが、朝方、うちに立ち寄って下すったもんですから、秋月さんにお知らせしようと若い者を走らせたんですが」

甚五郎は片手を頭に遣った。

「行き違いになってしまっても、当の六平さんが現れたんですから、良しとしようじゃありませんか親方」

おりきにそう言われて、甚五郎は苦笑いを浮かべて頷いた。

「六平さんは、ここに」

そう言って立ち上がったおりきは、豊松の横に回り、甚五郎の横を六平太のために空けた。

「それじゃ」

土間を上がって、六平太は甚五郎の隣りに胡坐をかいた。

「秋月様、申し訳ございません」

突然、豊松が畳に手を突いた。

「何ごとですか」

六平太は戸惑って、おりきや甚五郎に眼を向けた。

「いえね、豊松さんは音羽に着くと、雑司ヶ谷(ぞうしや)の作蔵(さくぞう)さんの家に寄ってから親方の家に向かったんですよ」

おりきが六平太に説明すると、聞いていた豊松は小さく相槌(あいづち)を打った。

甚五郎の家に向けて目白坂を下っていた豊松は、大泉寺(だいせんじ)に使いで行っていた穏蔵(おんぞう)と門前でばったりと顔を合わせたという。

その時、

『穏蔵、養子の口が掛かってよかったな』

目尻を下げた豊松の口から、そのことが飛び出したのだった。

「みなさんが、穏蔵にはまだ知らせておられないということを存じあげず、わたしの迂闊(うかつ)でございました」

　豊松は、額をこすりつけるように頭を下げた。

「豊松さん、手を上げて下さいよ」

　六平太は、笑み交じりの声を掛けた。

「秋月さんの言う通りですよ。いつかは穏蔵にも言わなきゃならないことだから、謝るようなことじゃありませんよ」

　甚五郎の物言いは、温かい。そして、

「いくらわたしたちが、小間物屋『寿屋(ことぶきや)』からの養子の一件を喜んでも、親である豊松さんの腹ひとつなんですから」

　と言い添えた。

　音羽の小間物屋『寿屋』から、穏蔵を養子にと申し入れがあった件について話し合いたいという文を送ったのは、豊松を抜きにしては決められないという思いが、甚五郎にも六平太にもあったからである。

　六平太がそのことを伝えると、

「お気遣いはありがたいと思いますが、穏蔵は今、親方に預かってもらっている身です。それに、その小間物屋さんのことは、ここにお住いの皆様の方がよくご存じでしょうから、穏蔵の養子については、甚五郎親方にお任せしたいと思いますが」

そう言って、豊松は三人の顔を窺った。

「六平さん、それでいいんじゃないかねぇ」

「あぁ。豊松さんの言う通り、今は親方が穏蔵の親代わりだ」

六平太は、おりきから向けられた誘い水を素直に受け入れた。

「そうと決まったら、豊松さん、養子の件は、秋月さんやおりきさんと話し合いながら、進めて行くことにしますよ」

「ひとつ、よろしくお願いします」

豊松は、三人それぞれに向かって頭を下げた。

その直後、部屋の外の土間に現れたお国が、

「秋月様を訪ねて、三治というお人が」

六平太に告げると、店の方へ戻って行った。

「へへへ、どうも、お話し合いのところにお邪魔して申し訳ございません」

水色の羽織を着た三治が現れ、

「桜木町の甚五郎親方のところに伺いましたら、こちらにお集まりだということで」

部屋の中の四人に、愛想のいい笑みを向けた。

「この男は、『市兵衛店』の住人の、噺家（はなしか）の三治でして」

六平太が引き合わせた。

「秋月さんや、時々見える熊八さんから、名は聞いていますよ」

甚五郎が笑みを浮かべた。

「それより、おれに何か用だったのか」

周りに愛想を振りまいている三治に声を掛けると、

「それですよ。いえね、今朝、秋月さんが出かけるとすぐ、『もみじ庵』の使いが来て、今日から、『天神湯』に行って下さいという言付けでして」

『天神湯』からは断られると思っていた六平太に、三治の知らせは思いがけないものだった。

「しかし、どうしてまたお前が『もみじ庵』の使いに立ったんだ」

「みんな出かけてしまって、『市兵衛店』に残っていたのは、わたしだけでしたからね」

芝居じみたようにため息を洩らすと、三治は横向きになって、よよと框に腰を下ろした。

「三治、昼餉を摂るというなら、ここの料理人に何か作らせるが、どうする」

「遠慮なくいただきます」

三治は、満面の笑みを浮かべた。

　正午を過ぎた護国寺の参道は、先刻よりも人の数が増えているような気がする。

　昼餉を摂った後は、知り合いの住まう内藤新宿に向かうという三治とは道が違うので、六平太は先に『吾作』を後にした。

　一旦、元鳥越の『市兵衛店』に戻って着替えを済ませた後、『天神湯』に行くつもりである。

「惜しかったなぁ」

　六平太は、楊弓場の店先で呼び止めた男三人に逃げられた、矢取り女のお蘭に声を掛けた。

「あれ、こっちに来ていたのかい」

「ちょっと、野暮用でな」

「ふぅん」

「お蘭さんよ、小間物屋『寿屋』の評判なんぞを、耳にしたことはないかね。主の八郎兵衛さんのこととか、美鈴っていう娘のこととかをさ」

「あたしはよくは知らないけど、『寿屋』で買い物をする知り合いはいるから、聞いといてやろうか」

「あぁ、頼む」

　そう言って、六平太は護国寺の方へと歩き出した。すると、

「お礼に、半襟のひとつも買ってもらいたいもんだね」

お蘭の声が、背中に届いた。

六平太は、承知したと返事をする代わりに、軽く左手を突き上げた。


下帯を替え、着物も替えた六平太が刀を手にして、『市兵衛店』の路地に出た。

八つを知らせる上野東叡山時の鐘を聞いてから、四半刻（約三十分）ほどが経っている。

昼下がりの『市兵衛店』は、いつものような静けさである。

木戸に向かった六平太が、表通りの方から現れた弥左衛門を見て、

「いい所で会いましたよ」

と、足を止めた。

「なにか」

弥左衛門も、笑みを浮かべて足を止めた。

「お宅の通い女中をしていたお竹さんの住まいを聞きたいんですがね」

「お竹がなにか」

弥左衛門は、眉間に微かに皺を寄せた。

六平太は、今朝早く、お竹から付添いを頼まれたことを打ち明けた。

殺された弟の仇討ち成就の願掛けに行ったのだが、その帰り道、刃物を手にした男を相手にしている間に、怯えたお竹はどこかに行ってしまったので、付添い料を貰い損ねたのだと、茗荷谷での出来事を説明した。

「それは、とんだ災難でしたなぁ」

顔を曇らせて、心底、同情の色を滲ませた弥左衛門は、

「実は、お竹をやめさせたのは、わたしなんですよ」

と、声をひそめた。

弥左衛門が留守をした後など、あるはずの金品が無くなっていることが度重なり、お竹を問い詰めたところ、ついに、盗んでいたことを白状したという。

やめさせたあと、気になって、住んでいた長屋を訪ねると、お竹は既に家移りをしており、大家からは、行先も分からないという返事があったのだと、弥左衛門はため息をついた。

「その付添い料は、わたしに肩代わりさせてください」

「いやいや、それには及びませんよ」

六平太は、弥左衛門の申し出を、片手を打ち振って断ると、

「それじゃ、わたしは」

大股で木戸を潜った。

五

日本橋堀江町の『天神湯』の入口は西向きである。

入口の暖簾が揺れれば、脱衣所の辺りにまで西日が射し込むのだろうが、柘榴口やその先の湯槽まで届くことはない。

六平太は、『天神湯』の二階の刀掛けの傍で、手枕(たまくら)をして横になっている。

右手で団扇(うちわ)を煽(あお)ぎながら、湯上りの男たちが寛いでいる様子を眺めていた。

障子戸の嵌(は)められた明かり取りから、赤みがかった西日が二階に染み渡っている。

彫り物のある諸肌(もろはだ)を脱いで将棋を指しているのは火消し人足で、その相手をしているのは、半纏(はんてん)の襟に『魚辰(うおたつ)』とある白抜きの文字から、魚河岸で働く若い衆のようだ。

煙草を喫む、商家の主風の男の近くには、真剣な顔で爪を切っている商家の若旦那らしい男がいる。

茶や菓子の置いてある台の周りには、隠居らしい老爺が茶を呑み、絵草紙を見ている中年男もいたが、壁に貼られた大量の引き札を、一枚一枚丁寧に見て歩く白地の浴衣を着た職人らしい者もいた。

六平太は、『天神湯』に来る前、口入れ屋『もみじ庵』に立ち寄っていた。

見張りの初日に、転寝（うたたね）をして板の間稼ぎに気付かなかった六平太を、『天神湯』がなぜ、引き続き見張りにしようとするのかが、不可解だった。

「『天神湯』さんがはっきりと口になさったわけじゃありませんが、ご浪人が刀掛けの傍でごろごろしている姿を見るだけでも、板の間稼ぎには目障りになるのではないかという思いがおありのようですな」

そう説明した『もみじ庵』の忠七によれば、『天神湯』は二、三の口入れ屋に見張りの派遣を頼んだらしいのだが、どこにも手隙の浪人が居らず、空いている六平太を仕方なく湯屋の二階に置くことにしたようだ。

そんな事情など、六平太は気にならなかった。

付添い屋稼業とは、声が掛かってこそ成り立つ仕事なのだと割り切っている。

「お、やってるやってる」

笑いを含んだ声が聞こえた。

手枕をして横になっていた六平太が身を起こして見回すと、引き札を見回っていた職人風の男が、畳に切られた覗き窓に這（は）いつくばって、女湯を覗いていた。

罵（のの）り合う金切り声が、女湯の脱衣場から湧きあがっているのが、六平太の耳にも届いた。

「なんだい」

将棋の手を止めた火消し人足と魚河岸の魚屋が、覗き窓に這い寄った。

「おっ、すっ裸で摑みかかってやがる」

火消しの男の声に、煙草を喫んでいた商家の主風の男をはじめ、若旦那らしい男や茶を呑んでいた老爺も絵草紙を見ていた連中までもが、覗き窓近くに集まった。

六平太も、膝をついたまま覗き窓の方へ、そろりと近づいた。

「言い合いの様子から、古女房が、亭主の浮気相手に文句をぶちまけてる図だね」

魚屋がそういうと、

「亭主も亭主だぜ、女房と似たような女に手を出しやがってよぉ。遊ぶんなら、様子の違う女を選べよ」

火消しの男が声を上げると、覗く男たちから賛同の笑い声が上がった。

「危ないではないか」

「気を付けろ」

階下から男二人の険しい声が飛んで、袴を穿いた二人の武士が階段を上がって姿を現した。

それを機に、集まっていた男たちが覗き窓を離れて四方へ散った。

二人の武士は刀を刀掛けに掛けると、鍵付きの脱衣棚の前で着ているものを脱ぎ始めた。

「なにか探し物で」

絵草紙を見ていた男が、商家の主風の男に声を掛けると、

「えぇ、この煙草盆に煙管と煙草入れを置いていたんですが」

そう呟きながら、主風の男は先刻座っていた周辺を見回した。

「どんな煙草入れですか」

六平太が近づいて尋ねると、

「いや、たいしたものではないんですがね」

と、主風の男は苦笑いを浮かべた。

「いえいえ、ご謙遜には及びませんよ。お宅様の革の煙草入れは、わたしは印伝だと見ましたよ」

「そうそう、煙管だってうちの爺様が持ってる銀煙管と同じですから、あれは値の張るものですよ」

老爺の話に呼応した若旦那らしい男が、自信を持って断じた。

「いま、すれ違った男が、何かを懐に入れながら階段を駆け下りて行ったが」

脱衣棚の前で下帯一つになった一人の武士が、思い出したように口にした途端、六平太は足音を立てて階段を駆け下りた。

四半刻足らず後──。

六平太が、『天神湯』の二階に昇る階段を上がり切ると、善次郎が商家の主風の男の前で両手を突いているのを先刻から二階で寛いでいた客の何人かが、遠巻きに眺めていた。

湯に浸かっているのか、この場に武士二人の姿はなかった。

「逃げた男は見つかりましたか」

「いいえ。表に出た時には、影も形もなく」

六平太は、善次郎の冷ややかな問いかけに神妙に答えた。

煙管と煙草入れが無くなるという騒ぎが起きる前に、二階から居なくなっていたのは、引き札を見て回っていた白地の浴衣の男一人だった。

「見張りとして、あなたを二階に置いていたのにこのざまですからね。こちら様に謝りなさい」

善次郎に促された六平太は、商家の主風の男の前に膝を揃えた。

「まことに申し訳のしようもない」

六平太は、両手を突いた。

「『天神湯』の旦那、あん時はね、女湯で騒ぎがあったんだよ」

口を挟んだのは、火消しだった。

「そうそう、それでみんなが覗き窓に集まった隙をついて、盗ったに違ぇねぇ」

魚屋がそう付け加えた。

「わたしが聞くところによれば、女二人を使って女湯で騒ぎを起こさせ、男湯の二階の男たちを覗き窓におびき寄せて置いて、板の間稼ぎをする輩（やから）もいるそうだから、そのご浪人を責めるのはどうかと思いますがねぇ」

先刻、茶を呑んでいた老爺から有難い言葉があった。

「『天神湯』さん、これはもう、お役人に届け出た方がいいですよ」

体をなよなよさせていた若旦那らしい男が、思いのほか、ずばりと正論を吐いた。

その意見に、常連客らしい老爺や火消したちから、賛同の声が上がった。

「いやいや、それには及びませんので」

役人への届け出に異を唱えたのは、煙草入れを盗られた商家の主風の男だった。

「でしたら、わたしどもで償いをさせていただきたいと存じますので、盗られた煙草入れや煙管の買い値をお教えいただければと」

「とんでもない。そんな気遣いは無用ですよ」

盗られた男は、善次郎の申し出もやんわりと辞退した。

「あれは、知り合いからもらったものですから」

やおら腰を上げ、一同に笑顔を向けると、泰然と階段を下りて行った。

六平太はふと、商家の主風の男をどこかで見たような気がした。

左の眉が右よりも少し短いのは、古い火傷の痕のある眉尻に新しい眉毛が生えなくなっているからかもしれない。

一件が落着すると、残って成り行きを見ていた客たちも二階から下りて行き、六平太と善次郎二人になった。

「あなた、もう帰って下さい。あなたがいる時に限って、物が盗られるなんて、たまりませんよ」

「じゃぁ、わたしの見張りは今日で終いということですかね」

六平太の物言いは穏やかだった。

だが、意外にも、善次郎は答えに窮していて、

「本当はね、即刻お断りしたいところですが、見張りが務まるようなお人がすぐに見つかるかどうか知れませんので、取りあえず、明日一日は来てもらいましょう」

苦々しい顔付きで言い放つと、ふうとため息をついた。

『天神湯』の暖簾を割って表に出ると、向かいにある桶屋の屋根の上が西日に染まっていた。

日暮れまではまだ間がある、七つ半（五時頃）という頃おいのようだが、小路は人

や荷車の往来で忙しい。

仕事を終えて家路に就く職人やお店に戻る奉公人たちが、足早にすれ違っていく。

通りに立った六平太が、どこに行こうか左右に眼を遣ると、南に伸びた小路の突き当りを曲がる千草色の羽織が眼に入った。

左眉の短い、煙草入れなどを盗られた男が着ていた羽織の色である。

どこで見たのか思い出せないが、気になっていた六平太の足は、まるで釣られたように、左眉の短い男の去った方へ歩き出した。

照降町の三叉路を右に曲がった六平太は、伊勢町堀に架かる荒布橋の方に向かいかけて、慌てて足を止めた。

橋の真ん中に進んだ左眉の短い男に、橋の上で待っていた若い男が近づいて、丁寧に腰を折る様子が眼に入った。

腰を折ったその男にも、六平太は見覚えがあった。

その腰を折る様子から、商家の奉公人だろうかと思いをめぐらした時、

「あ」

と、六平太は微かに声を洩らした。

言葉を交わしたことはないが、見掛けたのは『市兵衛店』である。

粕壁でかつて箪笥屋を営んでいた弥左衛門が、手代だと口にしたのではなかったか。

荒布橋で待ち合わせをしていた二人の男は、魚河岸の方へと川を渡った。

その二人から十間（約十八メートル）ほど後ろについて歩く六平太は、同じような光景を、半月ばかり前にも見たことを思い出していた。

四谷の相良道場の門人であり、十河藩江戸屋敷の供番を勤める富坂徹太郎から、藩主の供をして信濃へ帰国するに当たり、立ち会いたいと申し入れられたことがあった。

立ち合いの刻限は早朝ということもあり、六平太はその前夜、京橋近くの旅籠に泊まることにして、楓川を弾正橋へと向かっていた。

日暮れ近い対岸を歩く二人連れの男が眼に入った。

一人は弥左衛門だったのだが、その連れに見覚えはなかった。

今思えば、弥左衛門が連れていた男の左眉も、右眉よりも短かったような気がする。

だからどうということはないのだが、六平太の胸の奥に、微かなわだかまりのようなものが巣食った。


翌日、六平太は、決められていた刻限の八つ半（三時頃）よりも早く、昼過ぎには『天神湯』へ着いていた。

見張りを二度もしくじっていたから、少しでも誠意を見せようという計算が、無くもなかった。

昨日、『天神湯』の見張りを終えて浅草元鳥越に戻った六平太は、左眉の短い男のことを聞いてみようと思っていたのだが、弥左衛門は『市兵衛店』には居らず、今朝になっても家の中に人の気配はなかった。

刀掛けに刀を掛けて、脱衣棚近くに胡坐をかいた途端、ダダダダッと、階段を駆け上がるけたたましい音が鳴り響いた。

「秋月さん、あなたやっぱりお役人のお世話になるような人だったんですねっ」

二階に現れるなり、目を吊り上げた善次郎が六平太の前に仁王立ちになった。

首を傾けて善次郎の背後を見ると、階段を上がって来た新九郎（しんくろう）と藤蔵の姿があった。

「藤蔵から、湯屋の見張りを請け負っておいでだと聞いたので、押しかけてきましたよ」

新九郎の表情には、事件に対する同心の貌（かお）があった。

藤蔵はすかさず一歩前に出て、新九郎の横に並んだ。

「『天神湯』の旦那、秋月様と少し話があるんだが、いいかね」

「秋月、様というと」

藤蔵の物言いに戸惑った善次郎は、新九郎にも眼を移した。

「四半刻ばかり、話の出来る場所を貸して貰えるとありがたいが」

新九郎に頼まれた善次郎は、おろおろとして声も出せず、ただ大きく頷いた。

六平太と新九郎、それに藤蔵は、善次郎の案内で、母屋の小部屋に通された。

善次郎は茶の用意をすると申し出たのだが、新九郎は断り、話が済むまで部屋には入らないよう念を押して、去らせたばかりである。

「わたしの知り合いに、関八州取締出役の者が居るというのを覚えておいでですか。笹本という男ですが」

「覚えてますよ」

六平太は、小さく頷いた。

「そいつが昨日、盗賊、行田の幾右衛門一党に関わる書付を見せてくれましてね」

新九郎は、懐から取り出した書付を畳に広げ、さらに、

「これは、行田の幾右衛門の右腕と言われている、伊佐島の七郎太の人相書きです」

とも言い添えた。

六平太は、顔形の特徴を記された書付に身を乗り出し見た。
一、せい、五尺六寸
一、歳　四十六
——と、細かい記述が並んでいる。

「一、色、やや黒くして、歯並び、常の通り。一、鼻は高からず低からず。一、眼、

細し。一、顔、面長なる方。一、左眉、火傷の痕ありて、右眉より短し。一、体つき、骨太にて」

「矢島さん」

書付を読んでいた新九郎を止めて、六平太は、左眉のことを記された個所に指をさし、

「おれは、この男を昨日見ましたよ」

「なんですって」

鋭い声を上げた新九郎が、書付に顔を近づけた。

六平太は、昨日、『天神湯』で煙草入れと銀煙管を、板の間稼ぎに盗られた男の年格好と左眉の特徴が似ていると告げた。

「そいつは、この近くに住んでいやがるんですかね」

藤蔵に問いかけられた六平太は、

「それは分からないが、この伊佐島の七郎太は、『市兵衛店』に住む弥左衛門というご隠居と親しい間柄のようだよ」

と、伊佐島の七郎太と弥左衛門が、親しげに歩いていたことを言い添えた。

浅草元鳥越の『市兵衛店』は、夜の帳に包まれていた。

六平太が木戸を潜って路地に歩を進めると、戸口の障子に明かりが映っているのは大家の孫七と、大工の留吉とお常夫婦の家だけで、三治や熊八、それに弥左衛門の家に明かりはなかった。

「大家さん」

孫七の家の戸口に立った六平太が声を掛けると、

「今お帰りですか」

と、戸を大きく開けた孫七が、笑みを浮かべた。

「弥左衛門さんは、昨夜は戻らなかったようだが、今日、顔を見なかったかね」

六平太がさりげなく尋ねると、

「そうそう、弥左衛門さんは急に引っ越すことになりましてね、昼過ぎに若い衆が五、六人やって来て、あっという間に家財道具一切を運び出していきましたよ」

孫七は、その手際の良さに感心したといい、しきりに頷いている。

「孫七さん、木戸の外に北町の同心と目明かしたちが潜んでるから、こっちに来るように声を掛けてもらいたい」

そう頼むとすぐその場を離れた六平太は、弥左衛門の家の戸を開けて中に飛び込んだ。

わずかに射し込む外の明かりが、もぬけの殻になった室内を朧に照らしている。

み込んできた。
幾人もの慌ただしい足音がして、新九郎と同僚の同心、藤蔵と下っ引きが土間に踏
「どういうことだ」
新九郎は、絞り出すような声を洩らした。
弥左衛門の動きはあまりにも火急すぎる。
身近に迫る危うさを感じて、急ぎ立ち去ったような慌ただしさだ。
弥左衛門はもしかすると行田の幾右衛門ではないのか——ふと、突拍子もないこと
が頭を過ったが、口にするのはやめた。

神田川南岸の柳原土手は、朝日を浴びて輝いている。
暦の上ではほどなく秋になるというので、夏の名残りにありったけの日射しを送り
込んでいるかのようだ。
刀を腰に差した六平太と浴衣姿の三治が、柳原土手を柳原富士の方へと急いでいる。
五つの鐘を聞いてから四半刻ばかりが経った時分である。
今朝の『市兵衛店』の井戸端は、いつも通り穏やかだった。
熊八や留吉が、夜明けとともに仕事に出掛けていく気配を寝床の中で聞いていた六
平太が起き出したのは、六つ半（七時頃）過ぎだった。

弥左衛門が昨日のうちに居なくなるという出来事があったが、『市兵衛店』の様子にはなんの変化もない。

住人の入れ替わりなど、裏店では茶飯のことなのだ。

六平太が井戸端で顔を洗っていると、

「おはよう」

手拭いを肩に引っかけた三治が現れた。

「おう」

短く返事をした六平太は、三治の浴衣に眼を留めた。

「その柄は」

「茶巾袋って言いまして、金が貯まる宝袋とも呼ばれる縁起のいい柄ですよ」

三治は自慢げに説明したが、堺町の茶舗の旦那が『天神湯』で盗まれた浴衣と同じ茶巾袋の柄だった。

「お前、この浴衣は以前から持っていたのか」

六平太が聞くと、昨日、人形町の寄席に出た帰り、柳原土手の古着屋で買ったのだと三治が返事をした。

「その古着屋に案内してくれ」

頼み込んだ六平太は、三治と共に柳原土手の古着屋へ向かっていたのである。

「秋月さん、ここですよ」

三治は、床店の古着屋の前で足を止めた。

竹の衣紋掛けに着物を通している、四十を越した髭面の男が、

「お。その浴衣は昨日の」

三治の浴衣に気付いて、顔を綻ばせた。

「親父、こいつが買ったこの浴衣は、いつごろから店に出していたものかね」

「ええとね。三日前の二十五日からだよ。久しぶりに雨が降った日だから、よく覚えてるよ」

髭面の男は、六平太の問いかけにそう返事をした。

二十五日は、まさに、『天神湯』で浴衣が盗まれた当日である。

「誰がここに持ち込んだかは分かるめぇな」

六平太が、期待もせず尋ねると、

「いや、時々、茶箱を積んだ荷車で土手通りを行き来する手代だよ。堺町のなんとかって茶舗の」

そんな答えが、髭面の男からあっさりと飛び出た。

日本橋の葺屋町、堺町には芝居小屋や芝居茶屋などが建ち並び、芝居町とも呼ばれ

ていて、芝居見物をしない人も、料理屋や小間物屋などが軒を連ねるこの町を目指して集まる。

六平太と三治は、神田上白壁町の目明かし、藤蔵と共に堺町へと向かっている。

柳原土手の古着屋を後にした六平太と三治は、上白壁町に住む藤蔵を訪ねて、先日、『天神湯』の二階で盗まれた浴衣が、柳原土手の古着屋に流れ着いた経緯を話した。

浴衣を盗まれたのは堺町の茶舗、『春香堂』の主なのだが、売りに来たのも、『春香堂』の手代らしいとまで口にすると、

「『春香堂』に行って、事情を聞きましょう」

ということになり、六平太と三治も藤蔵について行くことになった。

『春香堂』の事情にも興味はあったが、盗られた浴衣を取り戻して、『天神湯』の善次郎の鼻を明かしてやりたいという功名心も、六平太にはあった。

「ごめんよ」

『春香堂』の暖簾を潜って店の中に入ると、藤蔵が奥に声を掛けた。

「はぁい」

奥で、女の声がしてすぐ、三十半ばくらいの女が帳場に姿を現した。

「おいでなさいまし」

と、にこやかに応対した女の顔が、三治の装りを見て俄に強張った。

「こちらのお内儀だね」

「はい」

藤蔵の問いかけに、女は蚊の鳴くような声を出した。

「お内儀は、この浴衣に見覚えがおありのようだが」

「それは」

お内儀は俯くと、藤蔵の指摘に答えを濁した。

藤蔵は、『春香堂』の主人が着ていた浴衣が、『天神湯』で盗まれたうえに、『春香堂』の手代らしい男が、柳原土手の古着屋にその浴衣を売った経緯を調べているのだと説明した。

「売った？」

驚いたように口を開けた内儀が、

「秀松っ」

いきなり、通り土間の奥に向かって声を張り上げた。

「へぇい」

土間の奥の暖簾が割れて、前掛けをした手代が飛び出して来た。

「お前、旦那さんの浴衣を古着屋に売ったのかい」

お内儀が指さした三治の浴衣を見て、秀松と呼ばれた年の頃十七、八の手代は顔を引きつらせた。

「お内儀さん、これはいったい、どういうことだね」

藤蔵に問われたお内儀は、帳場に座り込むと、

「お話し申します」

と言って、大きく息を吐いた。

三日前、お内儀の亭主は、臙脂の地に白抜きの茶巾袋の浴衣を着て『天神湯』に行ったのだと切り出した。

お内儀は、手代の秀松に後を付けさせ、亭主が湯屋で脱いだ浴衣を盗んで来るように命じたという。

その浴衣は、亭主が入れ込んでいる両国の水茶屋の茶汲み女に貰ったものだった。

浴衣が無くなれば、『天神湯』からも帰るに帰れなくなって、きっと困るに違いないと目論んだ、女房の悋気が起こした策略だった。

「盗んだら浴衣は焼き捨てるようにと言ったじゃないか」

お内儀が怒りを向けると、

「そのつもりでしたが、売れば、自分の小遣いになると思って」

声を震わせて顔を俯けた秀松は、袖口で両眼をごしごしと拭った。

『春香堂』の表で藤蔵と別れた六平太と三治は、無言のまま柳原土手まで歩いて来た。

神田川に架かる新シ橋を渡っていると、

「あぁあ」

と、口にした三治が、足を止めて橋の欄干に凭れた。

六平太も並んで川面を向いた。

「あのお内儀の、恨みの籠ったこの浴衣、このまま着続けていいものかねぇ」

無口になっていた三治の悩みの種は、そのことだった。

「気になるなら、さっきの古着屋に買い取ってもらえよ」

「売ったら、褌一つで歩かなきゃならねぇ」

「売った金で、別の浴衣を買やぁいいだろう」

「その手もあるが。茶巾袋は、宝袋ということで、縁起のいい柄なんだよなぁ」

三治は、己に言い聞かせるように呟いた。

「あぁあ」

六平太からもため息混じりの声が出た。

「どうしました」

「いや」

六平太は曖昧に誤魔化したが、目論見が潰えた無念の声だった。

茶舗の主人の浴衣を盗んだ泥棒を捜し当てて、『天神湯』の善次郎に見張り人としての執念を示そうと思ったのだが、それはやめることにした。

『春香堂』の夫婦の間に起きていた裏切りや嫉妬などはばかばかしくて、善次郎に説明する気になどなれない。

日本橋の方から、鐘の音がした。

「九つか。腹が減ったなぁ」

三治が呟いた。

井戸端で顔を洗ってすぐに『市兵衛店』を出たから、六平太と三治は朝餉を摂る間もなかった。

「どこかで、蕎麦でも手繰るか」

「わたし、巾着を持ってませんよ」

「おれが奢るよ」

「ありがてぇ」

しぼんでいた三治の顔に、やっと笑みが浮かんだ。

六平太は、三治と並んで、佐久間河岸へと足を向けた。

第三話　押し込み

一

浅草、橋場にある神明社は、多くの人で混み合っていた。

六月の晦日は、毎年、夏越の祓が催される。

人間は、生きているだけで知らず知らずのうちに罪を犯し、穢れが身に付くという言い伝えがある。

その穢れを取り除く祓は、遠い昔から行われていると聞いている。

以前は、六月と十二月の晦日に行われていたらしいのだが、今では、六月の晦日のみの行事となっていた。

身の穢れを取るためには水に入って心身ともに清める地方もあるが、この頃の江戸では、人形に切った紙に名と歳を書き、その形代に息を三度吹き掛けて、自らの穢れを移してから川に流したらしい。

神明社は浅草寺の北方にあるが、大川の西岸に近く、形代を流すには都合の良い場所にあった。

浅草聖天町に住まう妹の佐和が、亭主の音吉をはじめ、おきみと勝太郎の二人の子を連れて神明社に行くというので、秋月六平太は同行することにしたのである。

刻限は八つ半（三時頃）という頃だが、かなりの数の参拝者が押し掛けている。

暦の上では明日から秋になるのだが、日中はまだ暑い。

おそらく、夜になっても熱気が漂うのを見越して、多くの人は水辺での納涼気分を味わいに集まっているに違いない。

境内には、人出を当て込んだ食べ物屋や菓子屋などの葭簀張りの出店が建ち並び、呼び込みの声が、夕刻間近い空に沁み込んでいる。

「おきみちゃん」

と、女の子の声がした。

声の方を見ると、母親の手を引っ張るようにして、今年九つのおきみと同じ年格好の少女が現れた。

「あら、おていさんたちも」

佐和が挨拶をすると、おていと呼ばれた母親の横に、逞しい体躯の、日焼けした顔の男が立った。

「義平さんもいたか」

音吉が軽口を飛ばすと、義平と呼ばれた三十半ばくらいの男は、人懐こい笑顔を見せた。

「義兄さん、こちら、山川町の鍛冶屋の義平さんですよ」

音吉が六平太にそういうと、

「にいさんと言いますと、畳屋のおかみさんたちが話をしてる、佐和さんの兄さんかね」

「そうなんです」

佐和が、笑顔で頷いた。

「秋月です」

「どうも。佐和さんや音吉さんには、いつも、かかぁや娘が世話になっておりまして」

頭に手を遣って、義平は小さく腰を折った。

その時、両家の間に人の流れが入り込んだのを潮に、

「おさきちゃん、またね」

と、おきみが義平の娘に手を振った。

「また明日」

　義平の娘も笑顔で手を振り返すと、両家は別々の方へと向かった。

　音吉は今年三つになった勝太郎の手を引き、その後ろを、おきみと手を繋(つな)いでいる佐和が続き、六平太は殿(しんがり)を務めている。

　その六平太の背後で、妙なざわめきが起きたのが、耳に届いた。

　ざわめきはすぐにどよめきとなり、女の悲鳴のような声が上がり、

「危ねぇじゃねぇか！」

　などと怒鳴る、男たちの声が交錯して騒然となった。

　振り向いた六平太は、大きく眼(め)を見開いて足を止めた。

　人混みが二つに割れて出来た道を、下駄の音をさせたお竹(たけ)が、つんのめるようにして六平太の方へ向かって来ていた。

　裾(すそ)を蹴(け)るように翻し、じっと前方を睨(にら)んで向かって来るお竹の手には、包丁が握られている。

「音吉さん、子供たちを向こうに」

　六平太の声に反応したかのように、突然お竹は包丁を腰だめにして突進してきた。

　包丁が、体に届くぎりぎりまで待って体を躱(かわ)すと、六平太はお竹の腕に己の腕を回して抱え込みながら、手首を捻(ひね)り上げた。

からんと、包丁が地面に落ちる音がした。

六平太は、お竹の腕を捻ったまま、手の届かないところへと包丁を蹴った。

「お竹さん、これはどういうことだ」

六平太が問いかけると、腕を捻られて身動きの取れない体勢のまま、お竹が顔を振り向けた。

その眼には、禍々しいほどの殺意が漲っていた。

待乳山聖天社の南西方向にある浅草聖天町は、大川の畔にも、浅草寺にも近い。

聖天町の自身番の周辺は西日の色に染まっている。

自身番の三畳の畳部屋で胡坐をかいた六平太は、表を眺めたまま、湯呑に残っていた麦湯を飲み干した。

神明社で包丁を向けたお竹の手首を手拭いで縛り上げた先刻、聖天町の自身番に連れて来たばかりである。

詰めていた町内の者に事情を話して、奥にある三畳の板の間にお竹を留め置いた。

お竹の胸と両腕を縛っている縄は、ほたと呼ばれる鉄の輪に繋がれている。

玉砂利を踏む音がして、佐和と子供たちを送り届けた音吉が顔を突き出した。

「町内の寛治郎親分をお連れしました」

音吉は六平太にそういうと、連れの二人に中に入るよう掌で指し示した。

年の頃四十ほどの男が目明かしの寛治郎で、二十過ぎの若者は下っ引きだろう。

「神明社での経緯は、道々、親分には話をしておきました」

最後に上がって来た音吉が六平太に報告すると、

「この婆ですか」

寛治郎が、板の間に繋がれているお竹を見て呟いた。

「義兄さんを狙ったわけを話しましたか」

「ここに連れて来る道々も、繋いでからも、一言も口を利かないんだ」

そう言って、六平太は板の間のお竹に顔を向け、

「お竹さん、おれに包丁を向けるには、それ相当の訳があるはずだろう」

静かに問いかけた。

「あぁ、あるさ」

俯けたまま横座りしていたお竹が、掠れた声を出すと、乱れた髪の掛かった顔をゆっくりと上げた。そして、

「茗荷谷の縛られ地蔵に向かっている時、死んだ弟の話をしたろう」

と、刺すような眼を向けた。

そのことは、六平太も覚えている。

「弟を殺したのは、あんただよ」

お竹は声を荒らげた。

先月から今月にかけて、夜盗を相手に刀を抜いたり、不忍池や小塚原で何者かに襲われて仕方なく刀を抜いたりしたことはあるが、その時、己の刀で殺しはしなかったはずだ。

「あんたが、弟の伝助に刀を浴びせたのを見たという者がいるんだよ」

「いつの話だ」

六平太が尋ねると、お竹は横を向いた。

「いつのことを言っているんだ」

問い詰める声が、思わずきつくなった。

「あんたに足を斬られて動けなくなった弟は、可哀相に、舌を嚙み切って死んだそうだよ」

「霊岸島の箱崎かっ」

六平太の頭の中で、ひと月以上前の記憶が弾けるように蘇った。

五月の半ば頃のことだった。

芝居見物に出かけたおかねと登世の母娘を、木場の『飛驒屋』に送り届けた翌日未明のことである。

酒の接待を受けて眠った六平太は、深夜に目覚め、そのまま『飛驒屋』を後にして元鳥越に帰ることにした。

永代橋を渡った先の霊岸島新堀の北岸、湊橋に差し掛かったところで、火の手が上がった商家の方から駆けて来る黒装束の男二人と遭遇したのだ。

「お前ら、押し込みだな」

声を掛けた六平太に、男二人はいきなり匕首を抜いて襲い掛かった。

刀を峰にして、一人の男の肘を叩き、加えて太腿に強い一撃を叩き込んで動けなくすると、火事を知らせに近隣を走り回った。

やがて、商家や大名屋敷から人が飛び出して火消しに取り掛かったのを見た六平太は、路上に動けなくしていた黒装束の男のもとに立ち戻った。

盗人被りをしていた黒い布を外すと、四十くらいの男の口の中から血が流れ出た。自ら舌を嚙んで死んでいたのである。

「それが、弟か」

箱崎での一件をかいつまんで語った六平太は、お竹に念を押した。

「役人に捕まってお頭や仲間のことを聞かれるより、舌を嚙んで死んだほうがましだと思ったんだろうが、あんたが弟を死に追いやったようなもんだよ。だからあんたは、あたしの仇だ」

お竹の恨みは、相当に根深いようだ。

「お竹さん、あんた、弟が盗賊の一味だということを、知っていたんだね」

六平太の問いかけに、お竹は顔を背けた。

「おれが箱崎で、刀を抜いて盗賊と渡り合ったことを知っているのは、『市兵衛店』の住人の留吉、熊八、三治、それの他には、弥左衛門さんだけだ」

そこまで口にした時、横を向いていたお竹の喉が、小さくごくりと動いた。

「お竹さん、あんた、弥左衛門の本当の名が、幾右衛門だということは知ってるんだね。行田の幾右衛門という盗賊だってことも」

「なんですって」

目明かしの寛治郎が、尖った声を発した。

「行田のお頭が、あたしなんぞに、弟がどうなったかなんて、いちいち教えてくれるわけがないよ」

お竹の口から出たのは、弱々しい声だった。

「だが、あんたは知った」

「弟を慕っていた、若い杉造が、一味の者から聞いた話をあたしに知らせに来てくれたんだ。箱崎で伝助を動けなくしたのは、行田のお頭の隣りに住んでいる秋月っていう浪人だとね」

その話を聞いたお竹は、すぐに弟の仇を討つ決意をしたとも口にした。

しかし、お竹一人で仇を討つことは無謀だと説き伏せられた。

だが、諦めきれないお竹は、弥左衛門と名を変えて『市兵衛店』に住んでいた行田の幾右衛門に、弟の仇討ちの加勢を頼んだのだが、

『大仕事を前に面倒を起こすな』

と、冷ややかに拒まれたという。

「あたしは、大仕事の事なんかより、弟の仇を討ちたいんですよ」

お竹が強く訴えると、『市兵衛店』への顔出しを禁じられ、弥左衛門の家の女中もやめさせられたのだった。

「それで、行田のお頭には黙って、あんたをおびき出すしか手はなくなった」

「なるほど。茗荷谷、林泉寺門前の縛られ地蔵か」

ぽつりと口にして、六平太はふうと小さく息を吐いた。

これまで不可解だったお竹の動きの全貌が、ここに至ってやっと摑めた気がする。

「縛られ地蔵の願掛けが済んだ後、帰り道を変えたのは、切支丹坂に潜ませていた男のところに、おれを誘い込むためだったのだな」

「あぁ、そうだ。弟を慕っていた杉造が、仇討ちを手伝うって言ってくれたんだ」

お竹の声に開き直ったような響きがあった。

もしかしたら、先日の雨の夜、六平太の寝込みを襲わせたのはお竹の差し金かもしれない。

そのことを聞いてみようと口を開きかけた六平太の頭に、ふと、別のことが過った。

「おれが家を空けてる隙に、土間の上り口に死んだ蛍を置いたのは、あんたかね」

六平太の問いかけに、お竹はすっと眼を逸らした。

「『市兵衛店』に入り込んで、幾右衛門に見つかる心配はしなかったのか」

六平太が静かに話しかけると、

「行田のお頭が出掛けるのを確かめてから行ったのさ」

お竹は睨み返した。

「願掛けの帰り道で、杉造があんたを刺し殺す絵図まで描いていたのに」

詰るような怒りの声を絞り出したお竹の、憎悪に満ちた顔に、思いの叶わなかった悔しさが窺えた。

二

戸を開け放たれた蕎麦屋の表から、鐘の音が入り込んだ。

蕎麦屋から二町（約二百二十メートル）ほど西にある、日本橋本石町の時の鐘が正午を知らせる音である。

夏越の祓の翌日、六平太は、小伝馬町一丁目の蕎麦屋で昼餉の盛り蕎麦を手繰っている。

この日、月が七月になって、季節は秋となった。

月が替わった途端、浅草元鳥越の『市兵衛店』から小伝馬町へ来る道々、笹竹売りの姿をそこここで見かけた。

七月七日は七夕の節句でもあるし、井戸の中を洗い清め、塵浚いをする井戸替えをする日でもある。

昼前、『市兵衛店』を出ようとすると、家主の市兵衛と大家の孫七が井戸端に立ってなにやら話し込んでいるところへ遭遇してしまった。

「井戸端で何ごとですか」

六平太が何気なく尋ねると、

「今年の井戸替えの相談ですよ」

市兵衛は、まるで時節の行事に疎い六平太を責めるような物言いをした。

いつもはそんなことはないのだが、囲碁をして負けた後の三、四日の市兵衛は、大体不機嫌だということは、『市兵衛店』の住人なら誰でも心得ている。

「今年は住人が一人減りましたから、元鳥越の火消し、『ほ』組にお願いすることになりそうです」

大家の孫七が、市兵衛に成り代わって丁寧に説明してくれた。

減った住人というのは、『市兵衛店』では弥左衛門と名乗っていた、盗賊、行田の幾右衛門のことだった。

六平太は昨日、浅草橋場の神明社の境内で、お竹から包丁を向けられて、取り押さえた。

お竹が、弥左衛門こと、行田の幾右衛門と関わりがあることから、浅草聖天町の自身番に駆けつけた北町奉行所の同心、矢島新九郎に伝えた。

同時に、新九郎に同道して来た神田上白壁町の目明かしである藤蔵にも、お竹が六平太に恨みを向けた経緯を説明したのである。

新九郎は、お竹を小伝馬町の牢屋敷に連れて行き、調べをすることになったのだが、

「調べて、何か分かったことがあればお知らせしますから、明日の昼頃、牢屋敷近くにおいでになりませんか」

昨日の別れ際、新九郎からそう誘われていた。

新九郎との待ち合わせの場所が、牢屋敷の向かい側にある蕎麦屋だった。

捨て鐘が三つ打たれた後、刻限の鐘が九つ、合わせて十二の鐘が撞き終わったところへ、新九郎と藤蔵が表から入って来た。

「親父、もりを二枚だ」

新九郎は入るなり板場に声を掛けると六平太の前に腰を下ろし、その横に藤蔵が座った。

「どうでした。お竹から、何か聞き出せましたか」

蕎麦を食べ終えた六平太は、箸を置くとすぐ、新九郎に尋ねた。

「いやぁ、行田の幾右衛門一味の奥深い所までは知っちゃいません。いや、知らされていなかったということでしょう」

新九郎は淡々と話した。

お竹は、弟の伝助が、行田の幾右衛門という盗賊の一味だということは聞いていたが、これまでどこで、どのような押し込みを働いていたのかということは、まるっきり知らなかったという。

行田の幾右衛門一味の仕業と思える残忍な手口の押し込みが江戸で起きたのは、この一、二年の間である。

それまでは、武蔵国、下総国、常陸国と荒らしまわっていた行田の幾右衛門が、江戸に拠点を移したことを弟から聞いて、お竹は喜んだらしい。

前々から江戸で奉公していたお竹は、離れて暮らしていた弟とも頻繁に会えるし、弟が世話になっているお頭の幾右衛門の女中になったことで、働き甲斐を感じていたと、新九郎に打ち明けていた。

「お竹の後釜として通い女中となったお加津という女は、幾右衛門の情婦の一人ということです」

藤蔵が小声で口にした。

「情婦の一人というと」

「江戸に二人ばかり、松戸や綾瀬の方にも女はいるようです」

藤蔵は、六平太にそう言って、小さく頷いた。

「しかし、秋月さんや関八州取締出役の笹本のお蔭で、行田の幾右衛門一党の様子が朧げながら、見えてきましたよ」

「というと」

六平太が聞き返した。

「関八州取締出役の笹本が、行田の幾右衛門の押し込みには必ず船が使われているという話をしてくれたお蔭で、誰の仕業か分からないまま放置されていた江戸での押し込みのうちいくつかに当たりがつきました。一年半前の本所松井町の岩瀬検校屋敷の一件、日本橋室町の茶問屋の一件、五月の箱崎町の鰹節問屋の一件にしても、どれも大川に繋がる水路のある土地柄でして、行田の幾右衛門が関わったと見ても不思議ではありません」

「あぁ」

六平太は頷いた。

「やつらは無論、逃げ道の算段もしていましょうが、おれはどうも、隠れ家や金の隠し場所なんかも、堀や川の傍の何ヶ所かに散らしてあるような気がしてるんですがね」

新九郎の説に、六平太も異論はなかった。

弥左衛門こと、行田の幾右衛門、その右腕と言われる伊佐島の七郎太、それに粕壁の箪笥屋の奉公人という触れ込みで『市兵衛店』にも姿を見せていた男を見かけたのも、日本橋川や楓川という、大川に通じる川筋の近くだった。

大川に出さえすれば、荒川、中川、利根川へも通じ、海へ向かえば、安房や上総のさらに北方へと行けるし、南へ向かえば駿河、遠江の先までも逃げおおせることが出来る。

「お待たせしましたぁ」

声を張り上げた、四十過ぎのお運び婆がやって来て、新九郎と藤蔵の前に盛り蕎麦と蕎麦猪口を置いて、すぐに去って行った。

「まずは食って下さい」

六平太が勧めると、

「遠慮なく」

新九郎と藤蔵は声を揃えて箸を持ち、蕎麦に取り掛かった。

「ひとつ気になるのは」

六平太がふと口にしたのは、眼の前の二人が食べ始めてしばらくしてからだった。

「食いながら聞きますから、どうぞ」

新九郎にそう促されて、

「弟の仇討ちに手を貸して欲しいとお竹が頼んだ時、大仕事を前に面倒を起こすなと言われて断られたと口にしたんだが、弥左衛門が言ったその大仕事というのが頭にこびりついてましてね」

六平太は、右手の人差し指を頭に向けた。

「どこかに押し込むということですね」

藤蔵に問われて、六平太は、

「そう思えるんだが」

と、頷いた。

「秋月さん、そっちの方の手は既に打ちました」

なんの気負いもなく口にした新九郎を、六平太は呆気に取られて見た。

「我ら同心の手足となって動いてくれる目明かしの中には、以前は悪事に手を染めていたり、島帰りの者がいたりします。この藤蔵は違いますが、そういう、世の中の裏にも目が利くというので目明かしと言うんですよ。ですから、かつての悪仲間からは裏切り者扱いをされながらも、お上の御用の為（ため）に働いてくれる者が結構な数おります。そんな連中の持つ手蔓（てづる）というものは、下手人探しには結構役に立ちましてね」

淡々と口にした新九郎は、蕎麦を手繰った。

「矢島様の仰（おっしゃ）る通り、そんな男たちの目や鼻のお蔭で、これまでも大いに助かったことがありました」

藤蔵も、新九郎の話に付け加え、

「わたしの下っ引きの一人に、以前、博徒の親分の下で飯を食っていた者がおります」

と、声を低めた。

「じゃ、おれも顔を知ってるね」

「金太（きんた）ですよ」

藤蔵が口にした下っ引きの顔はよく知っている。

二十五、六の若者だが、口数は少ないものの、六平太に対しても腰の低い、誠実な男だった。

「足を洗ってまともな暮らしがしたいというので、下っ引きにして名も替えさせましたが、昔の仲間から、裏切り者と命を狙われるんじゃないかと、口には出しませんけれども、内心恐れているのが、可哀相と言や可哀相で」

藤蔵は、静かに心情を吐露した。

大川に架かる永代橋を渡り切った辺りで、八つ（二時頃）を知らせる鐘の音が鳴った。行く手の永代寺で撞かれる時の鐘である。

六平太は、木場の材木商『飛驒屋』を目指している。

小伝馬町の蕎麦屋で新九郎や藤蔵と会った後、神田岩本町（いわもとちょう）の口入れ屋『もみじ庵（あん）』に立ち寄ったのだが、仕事の口をねだったわけではなかった。

近くに行ったついでに顔を出そうと思い立っただけのことだったが、

「いいところへお出（い）でになりました」

と、帳場に座っていた親父の忠七（ちゅうしち）は、土間に足を踏み入れた六平太を見て目尻（めじり）を下げたのだ。その上、

「秋月様はつくづく運がいいお方だと思いますよ。鼻を利かせて、こうやって顔をお出しになって、仕事にありつけるのですからね」

妙な持ち上げ方をされた。

忠七によれば、『飛驒屋』の娘、登世から、料理屋に行く七夕の夜に付添いを頼み

たいという依頼が来ているという。

「詳しいことは秋月様と直に相談したいとのことですから、これから木場に足を延ばされたらいかがでしょうか」

忠七の勧めもあって、六平太は木場へ足を向けたのだった。

永代寺門前から富ケ岡八幡宮の前を通り過ぎ、木場へと向かった。

材木を切ったり削ったりした時に香り立つ木の匂いを嗅ぐと、木場に来たという実感が湧く。

木場に足を踏み入れるのは、六、七日ぶりのような気がする。

『飛驒屋』の母屋の戸口で声を掛けると、古手の女中のおきちが現れて、

「今、おかみさんとお嬢さんは、西瓜を食べておいでですから、とにかくこのままご案内しますので」

土間で履物を脱いだ六平太の先に立って、廊下の奥へと向かった。

「秋月様でしたよ」

中庭をコの字に囲んでいる廊下に着くなり、おきちは、西瓜を食べているおかねと登世に声を掛けた。

「今日あたり、秋月様がいらっしゃるんじゃないかなんて話をしてたのよねぇ、おっ母さん」

そういうと、登世は小さく切り分けられた西瓜にかぶりついた。

「ほんとにねぇ」

笑顔を浮かべたおかねは、登世の問いかけに、相変わらず曖昧な返事をし、

「秋月様もおひとつ如何ですか」

と、西瓜を勧めてくれた。

「遠慮なくいただきます」

六平太は廊下に腰を下ろすと、手にした西瓜にかぶりついた。

「それじゃごゆっくり」

おきちは声を掛けて、その場から離れて行った。

回廊の軒下で、ちりちりと風鈴が鳴る。

「秋になったし、風鈴は仕舞った方がいいのかねぇ」

「おっ母さんいいのよ。なにも暦に振り回されることなく、暑さが続く間は、涼しい音を鳴らしてもらいましょうよ」

「そうだねぇ」

おかねは、娘の意見に素直に応じると、食べた西瓜の皮を皿に置いた。

「あぁ、美味しかった」

登世も皮を皿に置くと、懐紙を取り出して口元を拭いた。

「秋月様は、『もみじ庵』さんから、どのあたりまで話を聞いておいでですか」

登世は、食べている途中の六平太に顔を向けた。

急ぎ食べ終えて、手拭いで口元を拭うと、

「七夕の夜は料理屋にお出掛けだそうで、その付添いだと聞いてますが」

六平太は、『もみじ庵』の忠七から聞いたままを答えた。

「料理屋には『飛騨屋』の旦那もご一緒ですか」

「ううん。お父っつぁんとおっ母さんは、その日は家に残ります」

登世の声に、おかねは穏やかな笑みを六平太に向けた。

「その日は、昼過ぎに深川入船町の船宿で屋根船に乗り込んで、小梅村に行き、三囲神社を皮切りに、向島七福神を歩いたのち、夜は向島の料理屋『籠松』に行き、そのあとは、日暮里にある『飛騨屋』の別宅に泊まることになります」

「なるほど。分かりましたが、その日は、登世さんお一人で？」

六平太が尋ねると、登世がいきなり、けたたましい笑い声をあげた。

「わたし一人で七福神を回ったり、料理屋に行ったりしても面白くもなんともないわ。この前、秋月様とも顔合わせをしてもらった『いかず連』のみんなと出掛けるに決まっているじゃありませんか」

「あ」

登世に言われるまで、『いかず連』のことがすっぽりと頭から抜け落ちていた。

「その夜、彦星と織姫が天の川を渡ってめでたく出会えるだろうかなどと、世の中の男や女たちが七夕の空模様を心配するようだけど、わたしたち『いかず連』の女たちはそんなことなんかどうでもよくて、要するに、美味しいものを食べて気勢を上げる夜にしようということになったのよ」

登世が口にしたことは、恐らく『いかず連』の誰かが言ったことの受け売りに違いない。

登世も気の強い所はあるが、先日会った『いかず連』の三人からも、いずれ劣らぬ勝気さが窺えた。

「それでね、秋月様。秋月様には付添いをお願いするとして、集まりをもっと賑やかにするためにも、是非とも噺家の三治さんにも加わっていただきたいの」

登世は、体ごと六平太を向いた。

「しかし、三治にも都合がありましょうから、聞いてみないことにはなんとも」

「それを、秋月様にお願いしたいのです」

「分かりました」

六平太が頷くと、ツツと膝を寄せた登世が、

「三治さんには、寄席での実入り以上のものは用意しますと、お口添えをお願いしま

す」

　六平太の耳に口を近づけて、囁いた。

　浅草御蔵前から鳥越明神へと通じる往還は、西日に染まっている。

　日は既に本郷の台地の向こうに沈んで、一帯は残照に包まれていた。

　があと、色気のない声を響かせた烏が数羽、六平太の視線の先を浅草寺の方向へと横切って行った。

　木場の『飛驒屋』を後にした六平太は、深川佐賀町の油堀河岸で、舳先を大川の方に向けて進む空船を見つけて、

「どこかへ帰る船かい」

　と、声を掛けると、瓦を下ろしたので、浅草今戸に帰るのだという船頭の返事だった。

「煙草銭くらいは出すから、浅草御蔵まで乗せてくれないか」

　六平太が頼み込むと、すんなり請け合ってくれて、大川の西岸にある三河岡崎藩、本多家の下屋敷近くの岸辺で、今戸への帰り船から下りたのだった。

　鳥越明神脇の小路へ入り込んだ六平太は、『市兵衛店』の木戸を潜った。

　夕餉の支度はとっくに済んでおり、薪の煙の臭いがほんのわずか漂っている。

「今お帰りですか」

路地を通って現れた三治が、六平太の前で足を止めた。

「仕事か」

「へぇ。普段世話になってる神田の旦那から、七夕の笹竹にぶら下げる短冊に、お前も一筆何か認めろと仰せつかりまして、これからお宅に伺うところでした」

三治は、涼やかな薄水色の羽織の両袖を奴凧のように横に広げた。

「お、そうだ。『飛騨屋』の登世さんから、お前に言付かったことがあったよ」

六平太は、七夕の日の向島への行楽に同行してほしいという登世からの依頼を、三治に大まかに伝えた。

行楽に行くのは登世の幼馴染たちということは伝えたが、その集まりが、『いかず連』と名乗っていることは、なんとなく伏せた。

「ありがたいお誘いありがとうございます。登世さんには、是非にも伺いますと、秋月さんからお伝え願います」

顔を綻ばせた三治は、口三味線を鳴らしながら木戸を潜って表通りへと歩いて行った。

「よっ、お二人ご一緒のご帰還ですな」

三治の陽気な声がして間もなく、大工の留吉と、薄汚れた狩衣を身に纏った大道芸人の熊八が、連れだって木戸から入って来た。

「なんだい三治の野郎、妙に浮き浮きしやがって」

井戸端に近づくなり、留吉が口を尖らせた。

「ここのとこ、あちこちから稼ぎの口がかかってるようだぜ」

笑ってそういうと、六平太は路地の奥の我が家へと足を向けた。

その時、

「秋月様」

と、背後から声が掛かった。

声の主は、路地に出て来た大家の孫七だったが、家主の市兵衛まで姿を見せた。

「こりゃ市兵衛さん、お珍しい」

留吉がそういうと、

「さっきから、秋月さんの帰りを待っていらしたんだよ」

孫七が、市兵衛に成り代わって口にした。

「おれになにか」

「話があったのですが、どこがいいか」

市兵衛は、孫七の家と路地の奥の六平太の家に眼を遣ったあと、留吉と熊八の好奇に満ちた顔を見て、さらに迷った。

「旦那、どこでもおんなじですよ」

孫七の進言に、

「それじゃ、ここで」

市兵衛は、先に立って孫七の家へと戻った。

「どうぞ」

孫七の勧めに従って、六平太は市兵衛に続いて履物を脱ぎ、土間を上がった。

孫七もすぐに上がってきたが、留吉と熊八も好奇心を露(あら)わにして土間に入り込み、框(かまち)に腰を掛けた。

「さっそく、話というのを伺いましょうか」

六平太の声には、淀(よど)みも戸惑いもない。

市兵衛に借りた金は、とっくに返し終えているし、苦言を浴びせられる心当たりもない。

「この隣りに入っていた隠居の弥左衛門さんが、盗賊の頭だったというのは、本当のことで？」

顔を曇らせた市兵衛は、ほんの少し見上げるような姿勢で六平太の顔を窺い、

「孫七から聞いたところによれば、先日、北町のお役人や目明かしたちが弥左衛門さんの家に押しかけたそうで」

「おそらく、前々から関八州で押し込みを働いていた、行田の幾右衛門という盗賊だと思われます」

断言した六平太の言葉に、市兵衛はごくりと息を呑んだ。

「通い女中として来ていたお竹も、幾右衛門の子分の伝助という男の姉さんだと分かりましたよ」

「あの？」

孫七は頭のてっぺんから声を出し、

「酒樽みてぇな体つきのあのお竹さんがねぇ」

留吉はそう口にして唸った。

「粕壁で箪笥屋を営んでいたというのは、偽りでしたか」

騙されていたことが悔やまれるのか、孫七は苦々しい顔をした。

「いや、そうとは言えないよ。世間を欺くために、普段は真っ当な商売をしているということもあるからね。ただ、五月の中旬だったか、粕壁に行ったといって草加土産を大家さんに渡したが、あれは嘘だと思う」

五月の半ばの十六日の未明に、行田の幾右衛門一党は、箱崎の鰹節問屋に押し入って金を盗んだ挙句、火を放って逃げたのだ。

押し込みの前後は支度などに掛かりきりになるので、弥左衛門こと行田の幾右衛門は、粕壁に行くという口実で『市兵衛店』を留守にしたと思われる。

「そんな盗賊に家を貸していたことがお上に知れれば、なにか、お咎めがあるものなんでしょうか」

顔を曇らせた市兵衛が、声を震わせた。

市兵衛が、六平太を待っていたわけがやっと分かった。

「あぁなるほど。それはあるかもしれないねぇ」

留吉の深刻な物言いに、市兵衛はぎくりと顔を向けた。

「いやぁ、それはありますまい。市兵衛さんは、盗賊と知らずに貸したのであるからして」

そう異を唱えた熊八に、市兵衛は小さく何度も頷いた。

「だがよ、知らぬこととは言え、将軍様のお膝元を荒らすような盗賊の頭に家を貸すなど迂闊ではないかとかなんとか、役人はいうかも知れねぇ」

「えっ」

市兵衛は、留吉の演舌に声を詰まらせた。

「心配いりませんよ市兵衛さん。秋月さんには、北町の同心に親しいお人がおいでですから、うまく口を利いてもらえばいいじゃありませんか」

熊八が言い終わるか終わらないうちに、市兵衛が突然、六平太に向かって両手を突いた。

「この老いぼれに穏便なるご配慮を賜りますよう、秋月様からお知り合いのお役人様にお口添えをしていただきたく、お願い申し上げます」

「市兵衛さん」

六平太は思わず笑って口にした。

留吉の言うようなお咎めなんかありませんよ——そう言いかけて、六平太は言葉を呑み込んだ。

市兵衛は両手を突いたまま微動だにせず、孫七まで並んで両手を突いた。

六平太の目の前に、市兵衛の白髪頭があった。

この白髪頭には、これまで随分と気を揉ませて来たのだということに、六平太はふと気付いた。

その市兵衛から、初めて手を突かれてしまったのだ。

「よして下さいよぉ、市兵衛さん」

六平太は、殊更大声を張り上げると、笑い声と共に片手を大きく打ち振った。

三

七月になったとはいえ、日射《ひざ》しは依然、夏の熱気を孕《はら》んでいた。

湯島《ゆしま》やお茶の水の坂道を経て、大塚台町《おおつかだいまち》の往還を西北へと向かう六平太の背には汗が噴き出している。

菅笠《すげがさ》の下でふうと息を吐いた六平太は大塚仲町《なかまち》の先を左へ折れ、富士見坂を下った。

坂下の広道は、境を接する護寺院《ごじいん》と護国寺《ごこくじ》の門前ということもあり、多くの参拝人や行楽の人が行き交っている。

家主の市兵衛に頭を下げられた翌日の、七月二日である。

『飛騨屋』の登世が加わっている、『いかず連』の娘たちの付添いをする七日まで日が空くので、朝餉を摂《と》った後、六平太は音羽《おとわ》へ向けて『市兵衛店』を後にしたのだった。

特段、音羽に用事があるわけではなかった。

音羽には情婦のおりきもいれば、居酒屋を切り盛りする弟分の菊次《きくじ》など、親しい連中がいるので飽きるということはない。

五つ（八時頃）過ぎに元鳥越を出て、一刻《いっとき》（約二時間）ばかりで音羽に着いた。

ほどなく、四つ（十時頃）という頃おいである。

護国寺門前の、音羽一丁目の角を左に曲がった六平太は、幅の広い緩い坂道を、音羽九丁目の方へ足を向けた。

「あぁあ、やっと現れたね」

四丁目の辺りを下っていると、横合いから聞きなれた女の声がした。

暖簾（のれん）を掻（か）き分けて楊弓場（ようきゅうば）から通りに出て来たのは、矢取り女のお蘭（らん）である。

「待ってたんだよ」

「待たれてたって、おれは遊ばないよ」

「ふん、なに言ってんだい。あたしに頼んでたことがあったろう」

お蘭は、芝居っけたっぷりに、怒ったふりをすると、

「ほら、小間物の『寿屋（ことぶきや）』の旦那や娘の評判を聞きたいとかいうから、あたしの知り合いの女たちから、いろいろ話を仕入れたんだがねぇ」

「あぁ、そりゃすまねぇ」

六平太は、片手を立てて拝んだ。

穏蔵（おんぞう）を小間物屋『寿屋』の養子にと甚五郎（じんごろう）に申し入れた主（あるじ）の八郎兵衛（はちろべえ）と、その娘の人となりを知りたいと、この前音羽に来た時、お蘭にそう頼んでおいたのだ。

「表で立ち話もなんだ。中にお入りよ」

お蘭は、六平太の返事も聞かず、楊弓場の土間に入って行った。

後に続いた六平太は、細長い縁台に腰を下ろした。

楊弓場の客は、縁台に腰掛けて弓を構え、二間（約三・六メートル）ほど先にある的に向かって矢を射るようになっている。

「『寿屋』で白粉やら簪やらを買っている知り合いに聞いたら、旦那や娘さんの評判は悪くないよ」

お蘭は、六平太から少し離れた縁台に腰掛けると口を開いた。

「『八郎兵衛店』っていうのと、もう一軒、音羽に裏店を持っているらしいよ」

お蘭が口にした『八郎兵衛店』は、六平太も知っている。

板前の菊次が営む居酒屋『吾作』で働き出したお国が住んでいる長屋である。

「店子の中には、稼ぎの覚束ない者もいて、店賃を滞らせることもあるらしいが、家主の八郎兵衛は、辛抱強く待つそうだよ」

お蘭が知り合いから聞いたことによれば、八郎兵衛という主人は、鷹揚な気質のようだ。

娘の美鈴も、気立てはいいらしい。

商家の倅などではなく、毘沙門の住み込みをしているような若い衆を気に入るくらいだから、鼻持ちならない娘ではあるまい。

「だけど秋月さん、どうして『寿屋』のことを知りたがるのさ」

「毘沙門の親方が、『八郎兵衛店』に住んでる信助爺さんのことを気に掛けているもんでね。手数を掛けたな」

お蘭の問いかけに嘘をついてしまった六平太は、縁台から腰を上げると、そそくさと表通りへと出て行った。

表通りの東側を五丁目へと向かった六平太は、道を横切って西側へ渡った。

表通りの一本西側には、並行した小路が南北に走っており、その道沿いの八丁目にある居酒屋『吾作』へ向かうことにしたのである。

五丁目から六丁目へと歩いていた六平太は、道の反対側を見て、思わず足を止めた。

反対側の、五丁目と六丁目の間の小路から、笹竹を満載した大八車を曳いて現れたのは、毘沙門の若い衆たちだった。

大八を曳いていたのが六助と竹市で、車の後押しをしていたのが、弥太と穏蔵である。

表通りに大八車を止めた六助たちを見ていると、四人はそれぞれ二、三本の笹竹を担いで、通りに面した呉服屋はじめ、袋物屋、両替屋、菓子屋、醤油屋などへ、一本一本笹竹を届けに散って行った。

音羽界隈の雑事を一手に引き受ける毘沙門の甚五郎は、日ごろ世話になっている寺社や町内の商家のために、時節の行事の折には何かと骨を折るのだ。祭りの前には注連縄を張ったり提灯を下げたりするし、年末には門松を作って、世話になった家に届ける。

この季節には、七夕飾りのための笹竹を方々に届けるのが習わしとなっている。笹竹を配り終えた六助たちが手ぶらで大八車のところへ集まり、再度、二、三本ずつ肩に担いだ時、近づいて来た娘が六助の前に立った。

十五、六くらいの娘をどこかで見た覚えがあるが、定かではない。

娘が話すことに、うんうんと頷きながら聞いていた六助が、穏蔵に一言二言声を掛けた。

すると、担いでいた笹竹を大八車に戻した穏蔵は、娘の後に付いて坂上の方に引き返し、ほんの少し歩いたところで、小間物屋『寿屋』の中に入って行った。

娘は、以前見かけたことのある『寿屋』の娘、美鈴だった。

六平太は、通りを渡って、大八車の笹竹を担ぎ上げようとしている六助たちの元に駆け寄った。

「秋月様じゃありませんか」

六助が声を上げると、他の二人も笑みを浮かべて会釈をした。

「穏蔵は、どうして小間物屋に行ったんだ」

六平太は、さりげなく六助に尋ねた。

「『寿屋』の旦那が、すぐに帰すから、ほんの少し穏蔵をよこして貰(もら)いたいということでして」

六助は、何の屈託もなく笑みを浮かべた。

「だがよ、みんなが竹を配ってるときに、一人だけ持ち場を離れるってのはなぁ」

六平太が不満を洩らすと、

「秋月さんもそのうち耳にされると思いますが、穏蔵には、『寿屋』さんから養子の口がかかってまして、そこの旦那から頼まれたとなると、こっちとすれば、喜んで行かせますよ」

弥太が、嬉(うれ)しそうに目尻を下げた。

「呼び止めて悪かった。みんな仕事に掛かってくれ」

六平太がそういうと、六助たちはもう一度竹を担ぎ、六丁目の商家に笹竹を配りに駆け出した。

六平太は、穏蔵に腹を立てていた。

仕事の最中の呼び出しなど、たとえ六助が許しても、穏蔵自身が拒むべきなのだ。

養子の口を掛けてくれた相手に阿(おもね)っているようで、どうも胸糞(むなくそ)が悪い。第一、同じ仕事をしていた六助、竹市、弥太に対し、無礼ではないか。

いっそ、『寿屋』に飛び込んで穏蔵を表に引きずり出そうかとも思ったが、それは抑えた。

親でもないのに、なぜ口出しをするのかと穏蔵に問い返された時のことが頭を過り、六平太は怯んでしまった。


音羽八丁目の角にある居酒屋『吾作』の戸口に、まだ暖簾は掛かっていない。

戸口の脇に下がった提灯には『吾作』と書かれているが、長年に亙って風雪に耐えた代物らしく、煙と煤と土埃のせいで、文字はかなり滲んでいる。

開けられた戸の中から、煮炊きの匂いが表に漂っていた。

昼餉時を前に、主の菊次は仕込みの最中なのかもしれない。

「おれだ」

声を上げながら、六平太は店の中に足を踏み入れた。

板場から首を伸ばした菊次が、

「申し訳ないが、今はなんの相手も出来ねぇし、食い物も出せませんよ」

そう言い放って、鍋の蓋を取って、湯気を立ち昇らせた。

竈の焚口から、火の点いた薪を二本引き抜くと、今度は包丁を動かし始めた。

「お国さんは来ないのか」

「いつも、家の用事を済ませてから来ることになってるから、あと四半刻（約三十分）もすれば、公吉と一緒に現れますよ」

そう言った菊次が、

「兄ィも水臭いよな」

と、包丁を動かす手を止めた。

「小間物の『寿屋』から、穏蔵に養子の口が掛かったっていうじゃありませんか」

「なにも、隠していたわけじゃねぇんだよ。八王子の豊松さんとも話し合ったうえでことを進めようということだったからさ」

言い訳をすると、腰掛け用の酒樽に腰をおろした。

その時、戸口の外から誰かが顔を差し入れた。

「親方、秋月さんはこの中ですよ」

差し入れた顔を横に向けてそう言ったのは、戸口の外から中を窺った目明かしの徳松だった。

すると、戸口の外に現れた甚五郎が、

「ごめんよ」

中に声を掛けて、徳松とともに店の中に入って来た。

「徳松親分が、秋月さんを見かけたと教えてくれたもんですから」

「護国寺の門前で」

徳松が、甚五郎の言葉を引き継いだ。

「徳松親分に聞きましたが、元鳥越の『市兵衛店』にいた住人が、盗賊の頭だったそうですね」

甚五郎が、幾分、声をひそめて口にした。

すると徳松が、

「北町奉行所の矢島様から伺いました」

と、六平太に頷いた。

「行田の幾右衛門の捕縛に向けて、目下、矢島様と気心の知れた何人かの同心が集められることになりまして」

徳松はさらに、今日から、神田上白壁町の目明かし、藤蔵と合力することになり、上白壁町の下駄新道（げたしんみち）にある自身番で寝泊りするのだということも打ち明けた。

「ということは、行田の幾右衛門の動きが摑めているのかね」

甚五郎も関心を示した。

「摑めているかどうかは伺っていませんが、矢島様はじめ、奉行所の方々の動きを見ていると、近くまで迫っているような気はします」

徳松の説明に、六平太の気持ちがいささか揺れる。

音羽に来たばかりだというのに、弥左衛門こと行田の幾右衛門に迫る矢島新九郎や藤蔵や徳松など、盗賊を追い詰める側の動きにも興味が湧くのだ。

「親方や兄ィたち、昼餉を食べるというなら用意しますが」

板場から出て来た菊次が、三人の横に立った。

「おれなら、いろいろ用意して出掛けなくちゃならないし、昼餉はいらないよ」

徳松が言うと、

「おれの分は、若い者が用意してくれてるからいいよ」

甚五郎もそういう。

「じゃ、兄ィの分だな」

「仕込みは済んだのか」

六平太が尋ねた。

まだ途中だという返事なら、遠慮するつもりだった。

「済みました」

菊次は、どうだと言わんばかりに胸を張った。

どうするか——六平太が、胸の中で迷いを口にした時、小さな黒い物が店内に飛び込んできた。

「お、公吉か」

甚五郎が口にすると、足を止めた公吉が笑みを浮かべた。

「あら、皆さんお揃いでしたか」

遅れて店内に入って来たお国が、六平太や甚五郎たちに向かって腰を折った。

「兄ちゃん、早く、笹竹取りに行こう」

公吉が菊次に声を掛けた。

「竹っていうと、七夕の笹竹か」

甚五郎が菊次に聞くと、

「顔馴染みの寺に行って、貰って来てやるって口約束してたもんで」

苦笑いを浮かべた菊次は、なにやら嬉しそうに片手を公吉の頭に遣った。

「それなら、行ってこいよ」

「けど、兄ィの昼餉は」

「おれはいいよ」

六平太は、片手を振って断った。

「菊次さん、秋月様の昼餉はあたしが拵えますから、公吉と竹取りに行って下さいよ。先延ばしにすると、この子はいつまでもぶうぶう文句を言いますから」

お国がそういうと、

「じゃぁ、そうするか。みなさん、おれはちょっと場を離れますが、どうぞごゆっくり」

甚五郎ら男三人に頭を下げた菊次は、公吉の手を引いて、日を浴びた小路へと出て行った。

「秋月様、何か魚を焼きますね」

襷(たすき)を掛けながら板場に入って行くお国の問いかけに、

「あぁ、頼むよ」

六平太は、『吾作』で昼餉を摂(と)ることに腹を決めた。

四

千代田城の市ヶ谷(いちがや)御門近くで八つの鐘を聞いてから、半刻(はんとき)(約一時間)ばかりが経(た)った時分だと思われる。

六平太と徳松は、午後の日射しを浴びている神田上白壁町に差し掛かっていた。

『吾作』で昼餉を摂った六平太は、

「今日は急ぎ戻るので、日を改めて顔を出す」

おりき宛(あて)の言付けを菊次に託して、神田上白壁町の自身番に赴くという徳松と共に音羽を後にしたのである。

「これは、徳松親分。秋月様まで」

徳松に続いて上白壁町の自身番の前に近づくと、見覚えのある藤蔵の下っ引きが、竹箒(たけぼうき)で表を掃いていた手を止め、無言で会釈した。

先日、藤蔵から名の出た、以前は博徒の一味だったという金太である。

「うちの親分は出歩いておりますので、中でお待ち下さい」

金太は、『自身番』と書かれた障子戸を開けて、入るよう手で指した。

「それじゃ、邪魔するよ」

草履を脱いで上がる徳松に続いて、六平太も三畳の畳の間に入り込んだ。

～箍(たが)屋ぁ、箍屋ぁ～

桶の修繕を触れ回る声が届き、やがて遠くへと去った。

六平太と徳松が腰を下ろした部屋からは、小路の四つ辻(つじ)を行き交う様々な人の姿を見通せる。

空駕籠(からかご)を一人で担いで行く駕籠舁(か)きも居れば、笊(ざる)売りも通り過ぎる。

「水しかありませんが」

金太が、お盆に載せてきた湯呑を、二人の前に置いた。

「喉が渇いてたとこだ、有難い」

そう言って、六平太は一気に飲み干した。

表がすっと翳ったと思ったら、上がり框の外にふたつの人影が立った。

「おぉ、徳松も音羽から出張ってくれたか」

労うように口を開いたのは、矢島新九郎だった。

「おれは音羽にいたんですが、行田の幾右衛門捜しが佳境だと聞いて、徳松親分にのこのこ付いて来てしまいましたよ」

「秋月さんと行田の幾右衛門とは浅からぬ因縁ですから、お出で下さってありがたいくらいですよ」

新九郎はそういうと、

「これは、北町の同役の沢口太三郎でして」

連れの男を引き合わせた。

「秋月さんのことは、かねてから矢島さんに聞かされていましたよ。四谷の相良道場の同門だとか。以後、お見知りおきを」

新九郎より二つ三つ年若に見える沢口は、丁寧に腰を折った。

沢口と共に畳の部屋に上がった新九郎は、座り込むなり切り出した。

「徳松と秋月さんに、今の局面を話しておきましょう」

新九郎ら同心は、行田の幾右衛門が近々押し込みを働くであろうという予測のもと、江戸中の口入れ屋から、この半年の間に、大店に人を斡旋した有無を聞き出し、雇い入れた先が分かれば、密かに下っ引きに探らせているという。

盗賊は、闇雲に押し込むわけではないと、新九郎も沢口も口を揃える。

狙いをつけた商家に、あらかじめ手の者を潜り込ませ、金蔵がどこに在るか、その金蔵にはいつ頃大金が置かれるのかということの他に、建物の中の間取りや出入り口などを探り出させる。

それは逐一、盗賊の頭のもとに伝えられる。

商家に潜り込んだ者が頻繁に外出出来るなら良し、それが難しい時は、盗賊の誰かが物売りに成りすまして何度も出入りをし、潜り込ませた者から知りたいことを得る。

やがて、決行の日が決まると潜り込ませた者に伝え、盗賊の一団が何の障害もなく入り込めるよう、中から手引きをさせるのだと、新九郎は説明をした。

「矢島様、うちの親分が戻りました」

開いた障子の間から、金太が部屋の中に顔を突き入れた。

するとすぐ、自身番の外に藤蔵と下っ引きの岩次郎が立った。

「岩次郎と金太は、部屋の外から中の話を聞いておくんだな」

「はい」

金太は腰を折って答えると、上がり框から外に出て、立っていた岩次郎の背後に控えた。

三畳の畳の間に入った藤蔵は、加勢に駆け付けた徳松と言葉を交わすと、その横に胡坐をかいた。そしてすぐに、

「早速ですが」

と、帯にぶら下げていた紙を綴じた冊子を外して、眼の前で広げた。

「芝の伊之吉親分、浅草の太平治親分などと手分けして聞き回ったところ、この半年の間に口入れ屋から奉公人を雇い入れた大店は十二軒ございました」

藤蔵の報告に、新九郎と沢口が小さく頷いた。

「ところが、仕事に馴染めずやめた者、揉め事を起こしてやめさせられた者などがいて、半年前から今日に至る間に雇い入れた奉公人が残っているのは、三軒だけでした。念のため、普段出入りしていない新顔の担ぎ商いなどが、最近になって姿を見せていないかも尋ねましたが、そういう者はいないという返事でした」

言い終わって、藤蔵は小さく頭を下げた。

「ご苦労」

新九郎が声を掛けた。

盗賊に狙われるような大店になると、普段、品物を納める業者は決まっているものだ。醤油、酒、米、味噌、青物屋、魚屋は言うに及ばず、庭師にしろ大工にしろ、以前からの付き合いのあるものが出入りする。

そういう大店に新たに出入りが叶うとすれば、住み込みの女中、それに小僧や手代相手の貸本屋、担ぎの小間物屋、飴売りくらいのものだが、藤蔵が突き止めた三軒の大店に、新たな物売りは近づいていないようだ。

「音羽界隈で、この半年の間に口入れ屋から人を雇い入れた商家は結構ありましたが、そのどれもが、盗賊が狙いそうな大店ではありませんので、これは調べから外してもよいかと存じます」

徳松の発言に、新九郎と藤蔵が頷くと、

「藤蔵が突き止めた三軒というのは、どこの何屋で、何者が雇い入れられたのかを聞きたいが」

沢口がそう口にした。

藤蔵はすぐに綴じ込みの冊子を再び開いて、読み上げる。

「ひとつ、深川伊沢町（いざわちょう）の材木問屋『出羽屋（でわや）』の帳場方、新松（しんまつ）、二十七。ひとつ、芝、新銭座（しんせんざ）の酢問屋『加倉屋（かくらや）』の蔵番、丈太（じょうた）、三十。ひとつ、浅草黒船町（くろふねちょう）の菓子屋『山喜（やまき）甘泉堂（かんせんどう）』の女中で、おたま、十七。合わせて三人です」

藤蔵が言い終わると、

「いずれも、船を着けやすい川や海の近くだ」

新九郎の呟きは、行田の幾右衛門の押し込みのやり口に似ていると言っているのだ。

「しかし、菓子屋というのは、除いてもよいのではあるまいか。いや、これまで、諸方に押し込んで、一晩で何百両という額を盗み取っていた行田の幾右衛門が、果たして菓子屋ごときの金を狙うものかどうかということなのだが」

沢口が、控え目ながら口を出した。

「藤蔵、その黒船町の菓子屋に金はありそうか」

新九郎が話を向けると、

「『山喜甘泉堂』は、浅草の本願寺をはじめ、法恩寺や広徳寺という大寺、上野東叡山寛永寺の幾つかの支院、下谷にある、下野宇都宮藩、戸田因幡守家上屋敷へも出入りをしている菓子屋でございまして、『山喜甘泉堂』の金蔵には金が唸っているなどと、近隣の者たちは噂をしているようでございます」

藤蔵は、沢口を気遣って控え目に申し述べた。

「なるほど」

軽く唸って、沢口は両腕を胸の前で組んだ。

「一度、その三軒を外からでも窺ってみたいもんですが」

徳松が口にすると、新九郎は、

「そのつもりだが、用心深い盗賊は、狙いを定めた大店をどこからか見張っていると思った方がいい。おれら同心も、お前たち目明かしも装りを替えて動かなきゃならないが、目付きひとつ、仕草ひとつで、鼻の利く盗賊に見破られる恐れもある」

と、不安を述べると、

「おれらが見て回る際には、是非とも秋月さんに同行をお願いしたい」

体ごと向き直り、六平太の反応を窺うように見つめた。

同行するのはやぶさかではないが、新九郎の狙いが分からず、六平太は返事を戸惑った。

「秋月さんの髪型は武家の家来とは思えまい。身のこなしや装りからしても、役人にも見えぬ。そういう人とおれたちが歩いておれば、盗賊の眼をなんとか誤魔化せるのではないかと思うのだが」

新九郎の説に、大いに賛同する者はいなかったが、反対の声もなかった。

六平太がいれば、多少、目くらましになるかもしれないという意見を徳松が口にすると、他の者から異論はなかった。

「矢島さんの申し出を受けて、同行することにしますよ」

捕物の一端を担うことに興味が湧いて、六平太は請け合った。

永代寺の時の鐘が六つ（六時頃）を打ち終えた時分には、深川一帯はとっくに朝日を浴びていた。

六平太と新九郎は、油堀に架かる富岡橋をゆっくりと渡りはじめた。

新九郎は、灰汁色の着流し姿で、菅笠を被っており、臙脂色の着流しの六平太は笠は背中に垂らして、敢えて総髪の髪型を晒して歩くことにしていた。

深川には数多くの岡場所があって、ことに深川七場所と呼ばれる所は安いうえに下等だということで名を知られている。

六平太と新九郎は、七場所のひとつ、三角屋敷で遊んだ帰りという態で、深川伊沢町の方へ足を向けていた。

出職の者や近隣で奉公するお店者が、二人を足早に追い越して行ったり、すれ違ったりした。

二人の前後には、庭師の半纏を羽織った藤蔵と植木屋の半纏姿の徳松、それに、読売に成りすました岩次郎や歯磨き売りになった金太など、新九郎の息のかかった目明かしとその下っ引きたちが、虚無僧や金毘羅参りの出で立ちなどで、往来に紛れ込んでいた。

材木問屋『出羽屋』は、油堀西横川の東岸の深川伊沢町にある。

信濃松代藩真田家の下屋敷が、川を挟んだ西側に見えた。

深川西横川の伊沢河岸には多くの小船が横付けされて、荷を積み込んだり下ろしたりする船人足たちの掛け声が交錯している。近隣の商家は既に店を開けており、忙しなく動く奉公人たちの姿がそこここに見受けられる。

『出羽屋』の表に止められた二台の大八車では、人足たちによって、木材の積み込みが行われていた。

六平太と新九郎が『出羽屋』の店先に差し掛かると、

「ちょいと、旦那」

読売に成りすました岩次郎が、刷り物をひらひらさせながら近づいて来た。

「今日の読売には、面白いことがありますぜ」

岩次郎は、六平太と新九郎の横に立って刷り物を広げると、

「土間の奥の板張りに、帳場格子が三つ並んでいますが、一番右に座ってるのが番頭で、左端で帳面を付けてるのが帳場方の新松です」

刷り物の内容を伝える態で、囁いた。

「お前は、金太と残って、見張りを続けてくれ」

新九郎はすかさず小声で指示を出した。

「次は是非お買い求め下さいまし」

大声を上げると、岩次郎はすっと二人から離れて行った。

六平太と新九郎は、帳場の新松の様子をさりげなく窺いながら、ゆっくりと『出羽屋』の表を通り過ぎた。

浅草黒船町の菓子屋『山喜甘泉堂』は、浅草御蔵前から駒形堂へと延びる通りの左側にある。

浅草元鳥越から、妹の佐和が暮らす浅草聖天町への行き帰りによく通る道だから、『山喜甘泉堂』の前は何度も行き来しているが、菓子を買い求めたことは未だかつてない。

深川の材木問屋『出羽屋』の新松を眼にした六平太と新九郎は、奉行所が用意していた猪牙船に乗り込んで大川を遡り、神田川に架かる柳橋の北側で船を下りた。もう一艘の猪牙船に乗りこんでいた藤蔵や徳松、それに虚無僧や金毘羅参りの一団に成りすました三人の下っ引きたちも、相次いで船を下りた。

そして、お互い間隔を空けて浅草方へと向かったのである。

刻限は五つを過ぎた時分だった。

「今、『山喜甘泉堂』の前で水を撒いている娘が、おたまです」

六平太と新九郎の横に並んで、さりげなく歩調を合わせた虚無僧が天蓋を被ったまま告げた。

「分かった」

新九郎がそういうと、虚無僧に成りすました浅草諏訪町の目明かし太平治は、二人を追い越して行った。

六平太と新九郎は、水を撒いた通りを竹箒で掃いている、顔にあどけなさの残るおたまの前を、ゆっくりと通り過ぎた。

酢問屋『加倉屋』のある、芝の新銭座町は東海道の東側にある。

新銭座町の南には、大した川幅ではない宇田川があり、流れは少し先で海に注ぎ込む。

六平太と新九郎は、宇田川の南側にある武家屋敷の塀を背にして立ち、対岸に建ち並ぶ蔵を見ている。

「あの、五つの蔵が、『加倉屋』の持ち物ですよ」

笠を被ったままの新九郎が、口を開いた。

『加倉屋』の店頭は蔵の北側、陸奥会津藩、松平肥後守家中屋敷の広大な屋敷の塀に面しているという。

「蔵の前の船着き場に着けた船から酢の樽を下ろし、そのまま蔵の中に運び入れられる、立地の良い場所だ」

六平太が呟くと、

「船を使う行田の幾右衛門にとっても、都合はよさそうです」

蔵の方を向いた新九郎が、笠の下から低く声を発した。

六平太と新九郎、それに藤蔵や徳松らは、柳橋に係留していた猪牙船二艘に乗り込んだ後、大川を下って海に出て、増上寺裏門前海手に船を着けたのである。

「藤蔵たちは『加倉屋』の周辺に散ってるはずですから、われらも店先の方に回ってみませんか」

「そうしましょう」

六平太は、新九郎の提案に頷くとすぐ、武家屋敷の塀に沿って東海道の方へ歩き出した。

最初の三叉路で右に曲がった新九郎の後ろから、六平太も続く。

松平家の辻番所のある四つ辻を右に曲がった先の片側が、新銭座町となっている。

『加倉屋』は、一本目の小路の角に豪壮な店を構えていたが、目の前には松平家中屋敷の塀が長々と海辺まで延びているため、表通りのような賑わいはないものの、近隣のお店者や棒手振り、それに車曳きなどが忙しく往来していた。

松平家屋敷の塀際に筵を敷いて鋸の目立てをしているのは、深川では金毘羅参りの装りをしていた下っ引きの一人である。

「矢島様」

近くから密やかな声が掛かると、新九郎が何気なく足を止めた。

声がしたのは、『加倉屋』と小路を挟んだ向かい側にある蕎麦屋の格子窓の中からである。

格子窓の中にいた四十絡みの男が、新九郎に向かって小さく頭を下げた。

「芝、七軒町の伊之吉親分ですよ」

新九郎が六平太に小声で伝えると、

「この辺じゃ顔が知れてるもんですから、こんなところに身を潜めてます」

と、伊之吉は六平太に小さく会釈をした。

その時、『加倉屋』の蔵のある宇田川の方から、男の曳く大八車がやって来て、蕎麦屋の角を東海道の方へ曲がって行った。

すると、庭師姿の藤蔵が、するすると六平太と新九郎に近づき、

「今の男が、蔵番の丈太です」

囁くとすぐ、二人の傍を離れた。

六平太と新九郎は、眼を合わせただけで、樽を二つ載せた車を曳いて行く丈太の後に、さりげなく続いた。

丈太の半纏の背中は『加倉屋』の文字が染め抜かれており、遠くからでも目立つ。

柴井町(しばいちょう)の角を左に曲がった丈太は、車の梶棒(かじぼう)を東海道の南へと向けた。

増上寺大門前を通り過ぎた丈太は、浜松町(はままつちょう)三丁目の角を右に曲がり、中門前一丁

目の料理屋の裏手に大八車を止めると、台所の中に飛び込んだ。

「『加倉屋』から参りましたぁ」

台所の中から、丈太の声が表に届いた。


中門前の料理屋に酢の樽を届けた丈太は、隣町の片門前一丁目の漬物屋で二つ目の樽を下ろすと、空の車を曳いて大門(だいもん)の方へと向かった。

六平太と新九郎は、丈太の車から十間(約十八メートル)ほどの間合いを取り、増上寺見物の態で、のんびりと歩いている。

「このまま『加倉屋』に戻りそうですね」

六平太の呟きに反応はせず、新九郎は依然のんびりと歩を進めている。

片門前一丁目から大門前に出た丈太の車は、東海道に向かったかと思うと、一本目の小路を左へと曲がった。

「秋月さん」

密やかな声を発した新九郎に続いて、六平太も小路へと切れ込んだ。

芝神明の鳥居の外に車を置いた丈太が、境内に入って行く背中が見えた。

六平太と新九郎も、境内に足を踏み入れた。

江戸の人々の信心を集める神明社は、普段から参拝者が多い。

人の間を縫うように進む丈太の背中を見失うまいと、六平太と新九郎は参拝者を掻き分けながら進んだ。

「矢島さん」

六平太は、本殿の拝礼所に立った丈太が、鈴を鳴らしている姿を指でさした。

手を合わせて拝む丈太の横に、年増(としま)の女が何気なく立った。

その女は、鈴を鳴らすと、両手を合わせて拝礼した。

「あの女」

呟いた六平太は、急ぎ背中に垂らしていた菅笠を被った。

「誰なんです」

「弥左衛門の姪(めい)っ子だという触れ込みで『市兵衛店』に現れた、情婦のお加津ですよ」

六平太は、声を低めて新九郎に告げた。

お参りを済ませた丈太が、拝礼所から離れる際、隣りのお加津に小さく頷いたのを六平太も新九郎も見逃さなかった。

「矢島さんは、女の動きを」

そういうと、六平太は丈太のあとを追った。

境内から出た丈太は、鳥居の脇に置いていた大八車の梶棒を取ると、東海道の方へ曳いて行った。

「秋月様、どうします」

装りを替えて付いて来ていた藤蔵と徳松が、急ぎ六平太の近くに駆け寄った。

その時、鳥居を潜って境内から出て来たお加津が、七軒町と門前町の間の小路を大門の方へと足を向けた。

「秋月さん、あの女を付けましょう」

六平太は、新九郎の申し出に頷いた。

お加津が行田の幾右衛門の情婦なら、丈太には、情夫の意を伝えに来たと見るべきだろう。

「あの車曳きは『加倉屋』に戻ると思いますが、念のため、わたしが付けます」

「徳松さん、頼むよ」

「へい」

徳松は、新九郎に会釈をすると、丈太が去った方へと速足で向かった。

六平太と新九郎、それに藤蔵の三人は、小路を進むお加津の背中を追った。

五

東海道は、人や車や荷駄の往来で、上りも下りも混んでいる。

芝神明社を出たお加津は、東海道に出るとひたすら南へと向かった。

高輪の大木戸はとっくに過ぎ、ほどなく、北品川宿の八ッ山に差し掛かろうとしている。

刻限は九つ半（一時頃）を過ぎた時分だろう。

お加津は依然として歩を進め、北品川の宿場の通りを南へと向かっている。

人の往来のお蔭で、付ける六平太たちは案外楽をしていた。

法禅寺門前を過ぎたところで、お加津は左へと道を折れた。

六平太たちは、慌てることなくお加津のあとに続いた。

お加津が向かう先には鳥海橋があり、橋を渡れば品川洲崎である。

海に流れ込む目黒川が運んだ砂が海の中にまで延びて、洲を作ったのだ。

橋を渡ったお加津は、猟師町と網干場の間に挟まれた朝日町の、平屋の一軒家の中に消えた。

六平太たちは網干場まで進んでから、お加津が入って行った家をさりげなく窺った。

家の中に人の気配は窺えないが、行田の幾右衛門がいるのかも知れない。

「幾右衛門がいたとしても、今は踏み込みません。奴らが『加倉屋』に押し込むのはおそらく近々でしょう。その時を狙って一網打尽にします」

新九郎の声は低かったが、並々ならない決意が漲っていた。

「わたしはここに残りますから、うちの下っ引きをここへよこして下さい。何かあれば、お知らせに走らせなきゃなりませんから」

藤蔵がいうと、

「分かった。下っ引きの他に徳松もこっちに回そう」

と、新九郎が大きく頷いた。


六つを知らせる芝切通(きりどおし)の時の鐘が鳴ってから半刻ばかりが経っている。

増上寺門前一帯は、ようやく黄昏(たそがれ)を迎えた。

神明門前町の一膳(いちぜん)飯屋で、新九郎と共に夕餉を摂った六平太は、隣町の七軒町にある自身番に戻り、三畳の畳の間に上がった。

「お帰りなさい」

中に詰めていた目明かしの伊之吉が迎えると、ともに詰めていた町役の男が茶の支度を始めた。

見張りを徳松に任せて品川洲崎から戻ってきた六平太は、諸方を走り回る新九郎と別れて、七軒町の自身番でほんの少し午睡を取ることが出来た。

朝早くから動き回って、さすがに疲れていたのだ。

「徳松ですが」

外から声がして、上がり框に徳松が腰を掛けた。

「なにかあったか」

新九郎が問いかけた。

「へい。日が沈みかけた頃から、女が入った一軒家に、一人だったり二人連れだったりと、人が集まりはじめました」

徳松の返事に、新九郎や伊之吉の顔つきが俄に引き締まった。

「関八州取締出役に残っていた人相書きにあった、伊佐島の七郎太と年格好の似た男も入って行きました」

「なに」

新九郎が思わず声を発した。

「矢島様、押し込みは近々の事じゃなく、案外今夜かもしれませんぜ」

伊之吉がそういうと、

「徳松、奉行所に走って、捕り手を集めるよう沢口に伝えてもらいたい」

「矢島様、徳松さんにはここで休んでもらって、奉行所にはわたしが参ります」

いうなり、腰を上げた伊之吉は自身番から出て行った。

「今夜ですか」

「おそらく」

六平太の問いに、新九郎は低い声で答えた。

「おれも、見物していいかな」

「見物だけですよ。捕縛の場に浪人が加わっていたと知れると、あとあと面倒なことになりかねませんので」

新九郎の注文に同意するように、六平太は頷いた。


宇田川の北側に建ち並ぶ『加倉屋』の蔵は黒い影となって、静まり返っている。

刻限は、既に日を跨いだ、八つという頃おいだろう。

空に月はなく、心もとない星明かりだけである。

朝日町の一軒家から出て来た男どもが、四艘の船に分かれて、海上を北へと向かった――品川洲崎を見張っていた藤蔵の下っ引き、岩次郎が知らせに来たのは、二刻（約四時間）前の、昨夜の四つ頃だった。

その知らせを受けた後の新九郎の動きには目を見張るものがあった。

まさに盗賊を一網打尽にするための役人の動きで、捕り手や目明かしたちにもてきぱきと指示を出し、おそらく今頃、『加倉屋』の周辺には、捕り手や目明かしたちが息を詰めて待っているはずだった。

六平太は、宇田川の南岸にある、二つの武家屋敷の間にある小路の陰から『加倉屋』の蔵の方を窺っている。

やがて、油を流したような宇田川の黒い水面に、人影の乗った四艘の小船が海の方から音もなく近づいて来て、『加倉屋』の蔵の並んだ岸辺に舷側を着けて留まった。

四艘の船から、十人ほどの黒装束の人影が下りると、足音を殺して蔵と蔵の隙間をすり抜けて、表側へと消えて行った。

その直後、なんの動きも物音もしなかったのだが、突然、表の方で怒号が上がると、何かを叩く音や、乱れた足音が湧きあがり、蔵の向こう側を無数の提灯が行き交い、怒号も飛び交って川の北岸は騒然となった。

さらに、奉行所の同心らしい人影や御用提灯をかざした捕り手たちから逃げてきた何人かの黒装束が、斬られて川に落ちたり、六尺棒で突かれて倒れ込んだりする姿が、六平太の眼にも見て取れた。

蔵と蔵の隙間から川岸に逃げてきた何人かの黒装束を、同心や捕り手たちが左右から挟み撃ちにすると、数に勝る役人たちは瞬く間に捕縛して、表へと連行していく。

蔵の裏手に静寂が訪れた時、蔵と蔵の間から忍び足で出て来た黒装束が、するりと一艘の船に乗り込み、棹(さお)を握って暗闇に向かって手を振った。

すると、蔵の陰に潜んでいた二つの黒装束が出て来て、その船に飛び移った。

棹を手にしていた黒装束は、己の身体(からだ)の重みを棹に乗せて突くと、岸辺から船を離して海の方へと進めて行く。

船の行先を確かめようと、川の南岸沿いの道を海の方に向かった六平太だが、川の縁まで張り出した武家屋敷の塀に行手を阻まれてしまった。塀際から右手に行く道はあるが、この道が、果たして船の行先が見えるところに繋がっているのかが分からない。

六平太はやむなくぱたりと足を止めた。


朝日を浴びた日本橋、本銀町(ほんしろがねちょう)の通りを小伝馬町に向かっていた六平太は、あまりにも近くで鳴り出した鐘の音に、びくりと見上げた。

本石町の時の鐘だった。

「五つの鐘ですよ」

一緒に歩いていた藤蔵が、笑顔を見せた。

時の鐘の櫓(やぐら)が近いことはよく分かっているのだが、いつもと違うところで目覚めると、どこにいるのかが分からなくなる。

今朝、六平太は神田上白壁町の自身番で目覚めた。

未明の捕物の後、六平太と徳松は藤蔵の勧めで自身番で寝ることにしたのだった。

その後、藤蔵の家に招かれて、徳松共々朝餉のふるまいを受けた。

音羽に戻るという徳松と日本橋の大通りで別れた六平太と藤蔵は、小伝馬町の牢屋敷へと向かっている。

「捕まえた行田の幾右衛門の一党は牢屋敷に留め置きますから、日が上ったら、面を見にお出で下さい」

捕物の後、新九郎から誘われていた。

五つの鐘が鳴り終わるとすぐ、六平太と藤蔵は牢屋敷の表門を潜って左手にある番所を訪ね、矢島新九郎に呼ばれた旨を伝えると、

「こちらへ」

と、番所の男が案内に立った。

塀に作られた門を潜ると、広い庭の大部分を牢屋敷の長屋が占めていた。

長屋の中ほどにある戸が開いて、新九郎が顔を出した。

「こちらからどうぞ」

新九郎に促され、六平太と藤蔵は長屋の中に足を踏み入れた。

入って直ぐ左へ曲がり、一番奥の、無宿者を押し込める西二間牢の前で新九郎は足を止めた。

格子の嵌められた牢内には十人以上の入牢者が足を揃えて座っていた。

そのうち、黒装束姿の七人が幾右衛門の子分だと思われる。

「捕物で斬られた者が二人いて、それは別のところに寝かせてます」

新九郎の声は小声だったが、牢内にも届いたらしく、黒装束の男の冷ややかな眼が新九郎に向けられた。

「逃げた行田の幾右衛門の行方は」

六平太が小声で尋ねると、

「誰も知らないと言ってますが、こいつらを痛い目に遭わせてでも、逃げ場所の心当たりを吐かせますよ」

声をひそめて答えた新九郎の怜悧とも見える横顔には、並々ならぬ決意が秘められていた。

入牢者の顔ぶれを見ていた六平太が、

「杉造」

突然、誰にともなく大声を発した。

すると、二人の黒装束の男が、あわてて顔を伏せた若い男に顔を向けた。

六平太が格子の外に立った時から、さりげなく眼を逸(そ)らしていた二十三、四と見える男である。

雨の夜、『市兵衛店』に匕首を手に押し込み、その後、茗荷谷の切支丹坂でも六平太に襲い掛かった杉造に違いあるまい。

「時々、粕壁の箪笥屋の手代と言って『市兵衛店』の弥左衛門を訪ねて来た男が見当たらないが」

六平太がそういうと、

「そいつは勢三(せいぞう)という名だそうで、行田の幾右衛門と伊佐島の七郎太を船に乗せて、逃げたようです」

新九郎が口にした光景は、今日の未明、六平太も見かけていた。

「杉造、ここの女牢でお竹もお裁きを待ってるはずだ。なんとも、因果なこったな」

そう声を掛けると、六平太は出口へと足を向けた。


大川に架かる永代橋を渡った六平太は、永代寺門前から木場の方へと足を向けている。

先刻、牢屋敷の裏門を出た時、ここから神田岩本町は指呼(しこ)の間(かん)にある——そう閃(ひらめ)いた六平太は、『もみじ庵』を目指した。

暖簾を割って土間に足を踏み入れると、折よく、帳場には忠七がいた。

六平太は忠七に、このところ何かと動き回って疲れ気味なので、『飛騨屋』の登世の七日の付添いを断れないだろうかと、苦しげな顔をして訴えた。

しかし、

「わたしにはなんとも申せません。直に頼んでみて下さい」

忠七の返事はにべもなく、六平太は仕方なく『飛騨屋』を目指していたのである。

木場の職人たちはとっくに動き出しており、木を削る音や貯木場で作業する男たちの掛け声が荒々しく響き渡っている。

『飛騨屋』の母屋を訪ねると、おきちが応対に出た。

「お上がり下さい」

と勧められたが、上がらずに待つと返答すると、おきちは奥に走って行った。

上に上がると、長居をすることにもなりかねない。

三和土に立って、ほんの少し待っていると、登世とおかねが、まるで廊下を滑るようにして現れた。

「実は」

六平太が口を開いた直後、

「秋月様、七日の付添いは不要となりましたので」

登世は、まるで怒ったように声を張り上げた。

「それはまた、なにゆえ」

六平太が言い終わる前に、目を吊り上げた登世は、くるりと背中を向けてその場を去って行った。

「秋月様、実は面白いことになりましてね」

声をひそめたおかねが、控え目にふふふと笑い、さらに、

「例の、『いかず連』の四人の内、一人が再来月、祝言を挙げることになって、もう一人は婿取りが決まったらしいのですよ。うふふふ」

おかねが口を押さえて笑い声を殺していると、足音を荒らげた登世が奥の方から猛然とやって来た。

「おっ母さん、今、笑ったでしょう」

「ううん、まだ咳がとまらないものだから」

こほこほと咳をしたおかねは、手を口に当てて渋い顔をした。

「言っておきますけど、わたし、『いかず連』は決して無くしませんから。お千賀ちゃんと手を携えて、もっともっと仲間を増やしていくつもりです」

登世の勢いには、六平太もおかねも黙るしかなかった。

お千賀という名を聞いた六平太は、着物の柄も目鼻立ちも派手な、紅白粉の濃い娘

の顔が浮かんだ。

「ですから、秋月様。『いかず連』の付添いはこれからも絶えることはありませんので、今後ともよろしくお願いしますねっ」

言うだけ言うと、登世は裾を跳ね上げるようにして奥へと立ち去って行った。

「きっと無理です。『いかず連』なんて、続くもんですか」

いつもは長閑（のどか）なおかねの口から、過激な言葉が飛び出した。

「それじゃ、わたしは、今日のところはこれで」

会釈をすると、六平太は、逃げるように戸の外へと飛び出した。

母屋の出入り口である、片開きの引戸門を潜って小路に出ると、表の通りへと出た。

どこへ向かおうかとほんの少し迷って、六平太は三十間堀川（さんじっけんぼりがわ）の方へ足を向けた。

「秋月様」

呼びかける女の声の方を振り返ると、『飛騨屋』の女中のおきちが、かつかつと下駄の音を立てて追いかけてきた。

「なにごとだい」

六平太は足を止めた。

「せっかくお出でいただいたのに、お構いもしませんでと仰（おつしや）って、御新造様がこれを秋月様にって」

おきちは、握っていたものを六平太の掌に載せた。

紙に包まれた大きさや重さから、一朱銀（約六千二百五十円）のようだ。

「お内儀にくれぐれもよろしくな」

「はいよ」

笑みを浮かべると、おきちはまた下駄の音を立てて、引き返して行った。

包まれていた紙を開くと、中にはなんと、一分（約二万五千円）があるではないか。

「おぉ」

六平太は思わず声を上げた。

「おい、ぼぅっと突っ立ってんじゃねぇよっ」

荒々しい怒鳴り声に、思わず道の端に身を引くと、木材を山積みにした大八車が六平太の体を掠(かす)めるようにして通り過ぎて行った。

気を付けろ——怒鳴ろうとしたが、やめた。

思わず転がり込んだ一分に免じて、我慢することにした。

六平太の関心は、もはや、昼餉は何を食べるかということに向けられている。

軽く放った一分を掌で受けた六平太は、にやりと笑って歩き出した。

第四話　疫病神

一

ざぁざぁと雨の音がうるさくて、秋月六平太(あきづきろっぺいた)は目覚めた。

むっくりと上体を起こして見回すと、雨音は閉め切られた障子の外から聞こえている。

おりきの家に入り込んで、先刻、横になったことを思い出した。

手を伸ばして障子を開けると、狭い庭に雨が降っている様子はなく、生垣(いけがき)の向こうから水の音がしている。

中野の方から下って来る神田上水が、大洗堰(おおあらいぜき)で江戸川と分けられて流れ落ちる音だった。

雨音と聞き間違えて、慌てて起き出したことが、おりきの家でも何度かあった。

部屋を出た六平太は、庭に面した縁に立って伸びをする。

西の空に赤みが広がっているところを見ると、七つ半（五時頃）くらいだろうか。

音羽に着いたのが七つ（四時頃）だから、半刻（約一時間）は寝た勘定になる。

「六平さんかい」

戸の開く音がして、おりきの声が飛んで来た。

「おぉ」

六平太は返事をする。

茶の間に入って来たおりきが、提げてきた髪結いの道具箱を長火鉢の脇に置くと、縁側の部屋を通り抜けて、六平太の横に並んだ。

「七日に一つ、付添いの仕事があったんだが、それが無くなってしまってね」

六平太のいう付添いは、木場の材木商『飛驒屋』の娘、登世に頼まれていたものだった。

登世は、木場や深川生まれの幼馴染たちと語って、『いかず連』という娘四人の集まりを結成していた。将来、決して嫁には行かないと誓い合って出来たのが『いかず連』の主旨だった。

その『いかず連』に付添って向島へ行くことになっていたのが、七月七日だった。

ところが、『いかず連』に加わっていた職人の娘と船宿の娘二人が、近々縁づくことが発覚して、怒った登世は、向島への行楽を取りやめにしたのである。

「『いかず連』ね。そういうことをおっ始めるような娘、わたし、嫌いじゃありませんよ」

そう口にして、おりきは、ふふと笑った。

「着いてすぐ風呂桶に水を溜めておいたから、沸かすとするか」

六平太が、縁の前の沓脱ぎに置いてある下駄に足を置こうとすると、

「ちょっと待って」

おりきに止められた。

「さっき、髪結いの帰りに桜木町を通りかかったら、甚五郎親方に呼び止められて、今夜何か用事があるかと尋ねられたんだよ」

ないと返事をすると、甚五郎はおりきに、五つ（八時頃）になったら居酒屋『吾作』に付き合ってもらいたいと切り出したという。

『秋月の兄ィにも来てもらいたいが、いつ音羽に顔を出すか知れないから、まずは、親方とおりき姐さんに聞いてもらいたいことがあります』

今日の昼、味噌屋の前で菊次にそんなことを言われたのだという。

「今夜はなにも用はないから、五つ頃に『吾作』に行くと言って、親方と別れたばっかりだったたんだよ」

おりきはそう言うと、

「急いで湯を沸かして汗を流したら、今夜は『吾作』で食べることになりますよ」

「そりゃいい」

六平太は、沓脱ぎの下駄に足を通すと、風呂場の焚口へと向かった。


日が沈むころに風呂に入った六平太とおりきは、浴衣に着替えて駒井町の家を後にした。

音羽はすっかり夜の帳に包まれている。

日が落ちてから幾分涼やかな風を感じるのは、やはり秋になったからだろうか。

六平太とおりきは、納涼気分で目白坂を桜木町の方へと下った。

護国寺方面から流れ来て、神田川に注ぎ込む小川を越えたところで、二人は左に折れて裏道を北の方へと向かった。そこは、江戸川橋から護国寺門前へとまっすぐに延びる表通りの一本西側の小路だった。

二人が向かっている居酒屋『吾作』は、音羽八丁目の小路の角にある。

狭い小路には、夜の音羽を楽しもうと繰り出した男どもが賑やかに行き交っている。

「親方」

おりきが、行く手を見て声を出した。

少し先を行っていた、紺地の浴衣を着ている肩幅の広い甚五郎が、

「秋月さん、こっちにお出ででしたか」

振り返って、笑みを浮かべた。

「昼過ぎに着いてすぐ、寝てしまいましたよ」

「菊次は秋月さんを待ち望んでましたから、いい折でした」

甚五郎が笑みを見せると、おりきは、

「ええ」

と、相槌を打った。

すると奇しくも、目白不動の方から、五つを知らせる時の鐘が届いた。

三人は打ち揃い、八丁目の方へ歩み出した。

「ん？」

甚五郎の声とともに、三人はふと足を止めた。

『吾作』の提灯の火は消え、掛けてあるはずの暖簾もなかった。

ただ、開いた戸口からは店内の明かりが表に零れており、煮炊きの匂いに交じって、
魚を焼いた煙が微かに漂い出ている。

「ごめんよ」

甚五郎が外から声を掛けると、店の奥から下駄の音を立てて、お国が戸口へ駆け寄

った。

「親方、おりきさん、さ、どうぞ」

そこまで口にしたお国が、六平太に気付いて、

「菊さん、秋月様もおいでですよ」

と、板場の方に向かって声を上げた。

「お国、とにかく入ってもらいな」

菊次の張り上げた声が板場から届くと、外の三人は、ささと、お国に促されて中に入り、既に料理や取り皿、箸(はし)や盃(さかずき)の並べられた卓に案内された。

六平太とおりきは並んで座り、甚五郎と向かい合うと、お国は板場に駆け込んだ。

「さっき、菊次のやつ、お国さんを呼び捨てにしなかったか」

六平太がおりきに囁(ささや)くと、向かいから甚五郎が身を乗り出し、

「わたしもそう聞こえました」

と、囁いた。

「奥の方にご案内と、そう言ったのかと思ったけど」

おりきは呟(つぶや)いて、小首を傾(かし)げた。

「お待たせしまして」

菊次が、煮魚を載せた深皿を持って来て置くと、お国は、二合徳利(どくり)を二本、卓の真

ん中に立てる。

そして、菊次とお国は通り土間に置いた腰掛代わりの二つの樽に並んで掛けた。

「おれたちのために、早仕舞いしたのか」

六平太が尋ねると、

「客がいちゃ、落ち着いて話せるようなことじゃありませんし」

菊次は、軽く口を尖らせた。

「秋月さんもおりきさんも、多分腹を空かしておいでだろうから、その話は飲み食いが始まってから切り出すのか、飲み食いの前なのか、前もって教えてもらいたいもんだが」

甚五郎は、穏やかな声で菊次に注文を付けた。

すると途端に、菊次もお国も強張ったように顔を伏せた。

伏せたがすぐに、お国がそっと、菊次の腕を肘でつつくのが見えた。

「おれは、このお国と、お国さんと、所帯を持つことにしました」

緊張の面持ちで声を振り絞った菊次は、額に滲んだ汗を手の甲で拭った。

「あ、やっぱりね」

おりきがそう口にすると、

「いつ、言い出すかと待ってたんだぜ」

甚五郎が笑みを浮かべた。

六平太も、甚五郎の声に同調して笑顔で頷いた。

「みんな、びっくりするんじゃないかと思ってたんですが」

菊次は、面食らったように六平太たちの反応を見回した。

「誰も驚きゃしないよぉ。二人の仲の良さは、もうとっくにお見通しだったよ」

おりきがそういうと、

「ほらぁ」

お国が、さっきよりも強く菊次の腕を肘で突いた。

「それじゃ、話は済んだし、あとは飲み食いだ」

六平太の声に、おりきとお国が徳利を持って、卓を囲んだ五人の盃に酒を満たしていく。

「公吉はどうしてる」

思い出したように、甚五郎が尋ねると、

「いけない。起こして、おまんま食べさせないと」

腰を上げて行きかけたお国は、

「皆さんは先に始めて下さい」

そう言い置いて、奥の方へ向かった。

「それじゃ、年貢を納める菊次に」

甚五郎の音頭で、六平太もおりきも、そして菊次も、盃を掲げると一気に飲み干した。


茶の間の長火鉢の脇に置かれた箱膳(はこぜん)を前にして、六平太は朝餉(あさげ)を摂(と)っている。

庭の方から、大洗堰から流れ落ちる水音がしている。

暗いうちから朝餉の支度をしたおりきは、一人で先に朝餉を摂ると、ほんの少し前に家を出た。

おりきは、茶会に出るという、小日向八幡坂町(こびなたはちまんざかまち)の医者の娘と御家人の御新造から髪結いを頼まれていた。

昨夜『吾作』に行った六平太とおりきは、甚五郎や菊次、それにお国を交えて四つ(十時頃)くらいまで飲み食いをして、駒井町に戻って来た。

かなりの酒を飲んだのだが、すっきりと目覚め、酔いも残ってはいない。

あっという間に朝餉を摂り終えた六平太が、箱膳を抱えて台所に向かいかけた時、

「六平さん」

戸の開く音のあとに、おりきの声がした。

「忘れもんか」

「ちょっと、わたしについておいでよ」

おりきは弾むような声を発した。

目白不動の方から桜木町に向けて下っている目白坂は、日の出前にも拘わらず、かなりの人の往来があった。

荷を積んだ大八車を坂上に曳いて行く人足もいれば、近隣の武家屋敷へ向かう侍の姿もあった。

六平太は、道具箱を下げたおりきに並んで目白坂を下っている。

おりきが、音羽九丁目と桜木町の間の道を右に折れたところで足を止めた。

おりきが顎を動かした先の神田上水の岸辺に、小間物屋の美鈴と並んで立っている穏蔵の姿があった。

「ほら、あそこ」

「あの娘がほら、小間物の『寿屋』の美鈴さんだよ」

おりきが口にした娘の顔を、六平太は何日か前にも見かけていた。

それにしても、朝早くから川辺に立って、二人は何をしているのか。

美鈴が何か話しかければ、穏蔵は短く返事をしたり小さく頷いたりするだけなのだ。

その時、突然、六つ（六時頃）を知らせる時の鐘が、台地に囲まれた音羽界隈に鳴り響いた。

美鈴は袂から取り出した小さな紙の包みを穏蔵に手渡すと、護国寺門前に繋がる表通りへ向けて駆け出した。四丁目の『寿屋』へと帰るのだろう。

穏蔵は、ゆっくりとした足取りで、すぐ近くにある毘沙門の甚五郎の家へと向かった。

「なんとも、初々しい逢引きだ」

おりきから笑みが零れた。

「二人はどうも、穏蔵さんが仕事に掛かる六つの前に落ち合う段取りのようだね」

「ここでか」

六平太が訝しげに辺りに眼を向けた。

「それは、会って別れる時に決めているんじゃないのかねぇ。今度は、護国寺の茶店でとか、どこそこの縁日でとか」

おりきの言う通りかも知れない。

六平太は、戸惑いながら美鈴と話をしていた穏蔵の、ままごとのような逢瀬を思い出す。

「昼前には帰りますから、『吾作』にはそれから行きましょうか」

「あぁ」

六平太が答えると、おりきは片手を上げて八幡坂の方へと歩き出した。

音羽八丁目の居酒屋『吾作』の戸口に、暖簾はなかった。

昼時開けていた店は、夜の仕込みのために八つ（二時頃）から七つまでの休みに入っているのだ。

刻限は八つを少し過ぎた頃おいだった。

六平太は、髪結いの仕事から帰って来たおりきと、九つ（正午頃）少しすぎに昼餉を摂ったあと、連れだって『吾作』を目指して来たのだ。

「入るぞ」

六平太が声を掛けて、おりきとともに店の中に入りこんだ。

「こっちです」

土間の奥から菊次の声がした。

おりきと共に奥に進むと、菊次とお国が、茣蓙（ござ）の敷き詰められた六畳の部屋の拭（ふ）き掃除をしていた。

「おう、布団も運び込んだか」

六平太は、部屋の片隅に積まれた二組の布団に眼が行った。

「明日の朝早く、『八郎兵衛店（はちろべえだな）』から荷物を『吾作』に運べば、ここでの三人の暮らしが始まります」

昨夜、酒席で公言した通り、お国と公吉は『八郎兵衛店』からの家移りを済ませていた。

「箪笥を置いても、狭くはないようだね」

見回した六平太が口にすると、

「なに言ってるんですよ、夫婦と子供が寝るとなったらそう広くはありませんよ」

おりきが異を唱えた。

「でもね、台所は『吾作』の板場がありますから、茶箪笥なんかがない分、やっぱり『八郎兵衛店』に比べたら広いですよ」

お国は、鏡立てを拭く手を止めて、満足そうに部屋を見回した。

部屋には、小ぶりな角行灯も置いてある。

「公吉は」

「『八郎兵衛店』の信助爺さんに昼の残りのお浸しなんかを届けさせました」

菊次が、六平太に答えた。

「『八郎兵衛店』の信助さんのことは気になりますけど、時々は顔を出すつもりだし、それに、毘沙門の若い衆も前から気にかけてくれてますから」

「穏蔵のことですよ」

菊次が、お国が言ったことに言葉を添えた。

信助という老爺は体が弱く、気ままに動けないというので、『八郎兵衛店』の住人たちに支えられて生きている。穏蔵も、信助のために買い物に走ったり、医者から薬を貰って来たりしていると聞いている。

「菊次はいるかい」

表の方から、甚五郎の声がして、

「奥の方です」

すぐに菊次が声を上げた。

「秋月さんはどこにおいでか、知らねぇかねぇ」

そう言いながら現れた甚五郎が、六平太とおりきを見て、

「使いの人、奥へお入んなさい」

表の方に声をかけた。

「使いというと」

「浅草の音吉さんの使いで、若い火消しが来たんで、駒井町のおりきさんの家に案内したんですが、お留守でしたので」

甚五郎が話し終えたところに、浅草、十番組『ち』組の半纏を着た若者が現れた。

「音吉さんの使いだって？」

「平人足の茂次と申します」

そう名乗った若者に、六平太は見覚えがあった。

「実は、音吉兄ィのおかみさんと倅の勝太郎坊が、朝、家を出たきり戻って来ないので、元鳥越の『市兵衛店』に秋月様を訪ねたんですがお留守でして」

茂次は、『市兵衛店』に住むおかみさんから、六平太は音羽に行ったと聞いて足を延ばしたという。

音羽に行ったら、毘沙門の甚五郎を訪ねるようにとも教えられたということから、茂次が口にしたおかみさんとは恐らく、お常に違いない。

「音吉兄ィの話だと、今朝の五つ半（九時頃）過ぎに、おかみさんは勝太郎坊を連れて仕立直しを届けに浅草田町の山重に向かったそうです。ところが、四半刻（約三十分）もあれば行って戻れるはずが、二刻（約四時間）経っても家に帰って来ないというので、『ち』組の者たちで探し回ったんですが、とうとう見つからず、秋月様はご存じじゃないかと、こうして」

茂次は、言い終わって小さく頭を下げた。

「『山重』というのは」

甚五郎が小声を出すと、

「お佐和さんが仕立直しを請け負ってる古着屋ですよ」

何年も前から佐和のことを知っている菊次が、顔を曇らせて説明した。

「向こうじゃ心配なすってるだろうから、六平さん、これから浅草にお行きなさいよ」

「あぁ、そうする」

六平太は、おりきに促されるまでもなく、そうするつもりだった。

「何か分かれば、すぐに知らせます」

そう口にして、六平太は茂次と共に『吾作』を後にした。

二

浅草聖天町界隈はいつも様々な音が響き渡っている。

桶の箍を叩く音、鍛冶屋の槌音、餝職人の家からは鏨を叩く音がして、町の通りで混ざり合う。

『ち』組の詰め所に向かう茂次と山之宿で別れた六平太は、通りに溢れる様々な音を蹴散らすかのように、裾を左右に翻して急いだ。

表通りから曲がって小路に入った六平太は、三叉路の角にある音吉の家の戸を荒々しく開けた。

「誰っ」

野太い声は、障子を開けた茶の間から飛んで来た。

「おじちゃん」

近所のおかみさんらしい二人の女の間に座っていたおきみが、今にも泣き出しそうな顔を六平太に向けた。

「佐和さんにはいつもお世話になってまして」

そう言って頭を下げた三十半ばの女は、見覚えのある下駄屋の女房である。

「わたしは、この前、神明社（しんめいしゃ）の夏越（なごし）の祓（はらい）で」

三十くらいの女が野太い声を出した。

「たしか、旦那が鍛冶屋の」

「さようで。わたしは、ていと申します」

と、丁寧に頭を下げた。

音吉一家に付いて、橋場（はしば）の神明社の夏越の祓に行った時、おきみと仲良しの娘を連れた鍛冶屋の夫婦と挨拶（あいさつ）をしたことはよく覚えている。

「おっ母（か）さんは、まだ帰らないか」

「うん」

おきみは、声を掛けた六平太に小さな声で返事をした。

「今、『ち』組の若い衆と町内の者十人ばかりで、捜しまわってるはずです」

下駄屋の女房が、六平太に伝えると、

「手分けして、浅草寺や田町の山重さんの周り、大川の川っ縁とかをね」

鍛冶屋の女房のおていが、そう付け加えた。

「おかみさん方、おきみに付き添って下さりお礼申します。たった今から、わたしがここに居りますので、夕餉の支度もありましょうから、どうか、家の用事を」

六平太は、女房二人に両手を突いた。

「それじゃ、そうさせてもらいます」

下駄屋の女房が頭を下げると、

「なにか用があったら、遠慮なくわたしでも、近所の誰かにでも声を掛けて下さい」

おていもそう言い残して、腰を上げた。

二人揃って表に出て行くと、

「お帰り」

下駄屋の女房の声がして、

「二人ともまだなんだよぉ」

と、嘆きを洩らす。するとすぐに、

「たった今、佐和さんのお兄さんが見えましたよ」

鍛冶屋の女房の野太い声が、家の中にまで届いた。

勢いよく戸が開くと、『ち』組の半纏の裾を翻した音吉が土間に飛び込んで来た。

「義兄さん」

呟いた音吉に、六平太は小さく頷いて応えた。

戸口の向こうには、揃いの半纏を着た『ち』組の若い衆と町内の男たちの思いつめた顔が並んでいる。

音吉はくるりと外を向くと、

「みんな、今日は佐和や倅のために動いてくれて済まなかった。ありがとうよ。あとはおれたちが思案するから、今日のところは、このまま引き揚げてもらいてぇ」

そう口にして深々と腰を折った。

なにかあったら遠慮なく声を掛けてくれ——町内の男たちがそう言って去ると、『ち』組の若い衆は音吉に頭を下げて引き上げて行った。

見送った音吉が、家の中に上がって来て、神棚を背にして長火鉢の前に腰を下ろした。

「音吉さん、勝太郎一人なら気掛かりだが、佐和が一緒ならまだ安心だよ」

六平太の言葉に、音吉は小さく頷いた。

「慰めで言ってるんじゃないよ。佐和はね、いざとなると、普段からは想像出来ないくらい度胸が据わるんだ。そんな姿を、おれは、佐和が今のおきみちゃんくらいの時分から、何度か眼にしたことがあるんだよ。だから、とにかく待とう」

　静かに語り掛けると、おきみが泣き声を洩らし始めた。

　すると、音吉はおきみの傍に近づいて抱き寄せ、黙って頭を撫で続けた。


　さっきまで、神棚に近いところに在る明かり取りや戸口の横の坪庭から射し込んでいた西日が、いつの間にか赤みを消してしまっている。

　六平太は、『ち』組の若い衆や町内の男衆が引き上げるとすぐ、火を熾して夕餉の支度に取り掛かろうとした。

　手伝うという音吉には、おきみの傍に居るように言って、六平太は手始めに湯を沸かすことにした。

　火が熾きると、水を満たした釜を竈にかけ、次に米を研ごうとした頃から、「晩の支度は大変だろうから」とか「煮物が余ったから」とか「お見舞い」だとかと言って、鍛冶屋の義平や近所の女房たち、それに『ち』組の頭から言いつかったと言って、平人足の茂次が稲荷寿司や握り飯を届けに来てくれたのだ。

　お蔭で、六平太が夕餉の心配をすることはなくなってしまった。

　それから一刻（約二時間）以上も経っているが、佐和と勝太郎はまだ帰っては来ない。

　刻限はほどなく六つ半（七時頃）だから、次第に夜の帳に包まれる頃おいである。どこにどうしているか分からないが、日が暮れていけば、幼い勝太郎は無論のこと、佐和にしても心細い思いをするかも知れない。

　音吉もおきみも、佐和たちのことが気掛かりなのだろう、箱膳に置いてある食べ物に手を付けようともしない。

「音吉さんもおきみちゃんも、食べておいた方がいいよ。いざとなって出かけなきゃならない時、空きっ腹じゃ動けないからね」

「そうですね」

　頷いた音吉は、小皿に稲荷寿司を載せるとおきみに持たせ、自分は手で稲荷寿司を摘まんで食べ始めた。

　それを見て、おきみも少しずつ寿司を口に入れるようになった。

「今晩は」

　戸の外から聞き覚えのある男の声がした。

「はい」

　六平太は、腰を上げかけた音吉を制して立つと、上り口から手を伸ばして戸を開けた。

「様子は如何かと思いましてね」

そう言いながら入って来たのは、六助を伴った甚五郎である。

「毘沙門の親方、恐れ入ります。どうか、お上がりになって」

音吉が腰を上げた。

「それじゃ遠慮なく」

甚五郎は茶の間に上がったが、六助は土間の上り口に腰を掛けた。

すると、

「秋月さんはこちらでしょうか」

外から、紛れもなく新九郎の声がした。

「わたしが」

六助が腰を上げて戸を開くと、腰の刀を鞘ごと抜きながら、新九郎が土間に入って来た。

「矢島さんもどうぞこっちへ」

六平太が促すと、新九郎は茶の間に上がって来た。

「毘沙門の親方もおいででしたか」

新九郎は、甚五郎と簡単な会釈を交わした。

「音羽の徳松親分が、他の用事で奉行所に現れましてね、秋月さんが急ぎ音羽から帰って行ったわけを話してくれたもんですから」

新九郎は、気になって駆け付けたのだと付け加えた。

音吉は、昼前から方々を捜したのだが、今になっても佐和と勝太郎は見つからず、手掛かりひとつないのだと、甚五郎と新九郎に経過を説明した。

すると、

「二十人近い連中が手分けして捜しても見つからないということは、これはもしかして、かどわかしじゃないかと思えて仕方ないんですが」

音吉が、重苦しい声でそう言った。

「なんのために」

六平太が、眉を顰めた。

「たとえば、おれに恨みを抱いてる者とか」

「心当たりがあるのか」

六平太は思わず声を低めた。

「こっちに覚えはなくとも、世間に出れば、逆恨みを向けられることはありますから」

音吉の返事に、甚五郎も新九郎も小さく唸った。

「おれら火消しは、火事場だけで男を売ってるわけじゃありません。世話になってる町内の人たちを守るために、破落戸どもを相手にすることもあります。浅草の何処かで喧嘩騒ぎがあれば、仲裁もします。そんなおれを快く思わない輩がいるかもしれません。もらい火で家を焼かれたお人に、火消しのくせにどうして火事を止めてくれなかったと恨まれたこともありましたし」

そう口にして、音吉は小さく息を吐いた。

「知らないところで、おれだって恨まれてるかも知れないさ」

六平太の呟きに、実感が籠っていた。

「だからって、佐和さん母子をかどわかすとは思えませんがね」

甚五郎は首を捻った。

「親方の言う通りでしょう。佐和さんが、秋月さんの妹さんと知っているのは、鳥越明神近くの連中か、この近辺の人たちくらいでしょうからね」

新九郎の物言いは明快だった。

「とすると、やっぱり、おれへの恨みか――」

音吉は、しんみりと呟いた。

行灯を囲むように座っている六平太、甚五郎、新九郎の前に置いてある湯呑に、六助が土瓶のお茶を注いで回ると、甚五郎の横に座り込んだ。

六平太は、夕刻、近隣の人たちが差し入れた食べ物を、甚五郎たちに振る舞ったばかりだった。

それでも食べ物は余っており、音吉とおきみ、そして六平太の明日の朝餉の分くらいは皿に残っている。

町の音はすっかり消え失せて、時々、遠くを下駄の音が通り過ぎて行った。

茶を啜る音が、やけに響く。

寝間の襖がそっと細く開いて、

「やっと寝ましたよ」

おきみを寝かしつけた音吉が、襖の間を半身になって通り抜けてきた。

「毘沙門の親方も矢島様も、六助さんも、今日は心配して駆けつけて下さり、まことにありがとう存じました。これから夜も更けてまいりますから、どうかお引き揚げ下さいますよう」

膝を揃えて改まった音吉が、甚五郎や新九郎に両手を突いて頭を下げた。

「音吉の言う通り、親方も矢島さんもどうか気兼ねなく」

引き揚げるよう、六平太も促した。

「それじゃ、そうしますが、手が要るようなときは遠慮なく声を掛けて下さい。若い者をすぐに差し向けますんで」

「お気遣い恐れ入ります」

音吉は、甚五郎に向かって頭を垂れた。

「それじゃわたしも」

新九郎が腰を上げるのと同時に、

「今晩は。夜分、申し訳ありません」

戸の外から、聞き覚えのある声がした。

土間近くに座っていた六助が戸を開くと、暗がりの中に立っていた熊八が、家の中を見て戸惑ったように頭を下げた。

「熊さん、どうしたんだい」

六平太は腰を浮かせた。

「笛を鳴らして元鳥越の近辺を歩いてる按摩の玄庵が『市兵衛店』に来まして、秋月さんに文を渡すよう、知らない男に頼まれて来たと」

土間に足を踏み入れた熊八は、襟のはだけた懐の中に手を突っ込んで、探りはじめた。

「だが、熊さん、おれがどうしてここに居ると分かったんだ」

「按摩に文を頼んだ男は、『市兵衛店』にいなければ、秋月さんは聖天町の妹さんの家にいるはずだと言ったようです」

「なんだって」

熊八の説明に新九郎が色めき立った。

「これです」

熊八が、懐から取り出した結び文を差し出すと、ひったくるように奪った六平太は結びを解(ほど)いて紙を広げた。

「妹、佐和殿と甥御(おいご)の勝太郎は、預かっている」

六平太はそこまで口にすると、傍に近寄った音吉に文を渡した。

「返して欲しくば、明朝五つ、浅草浅茅ヶ原(あさじ　はら)に、秋月六平太一人にて参られたし。弥左(やざ)」

音吉が絞り出すような声で文面を読み上げた。

六平太は、天を仰いで息を吐いた。

「秋月さん、何か心当たりがおありで」

甚五郎に問われて、六平太は小さく頷いた。

「秋月さん、この最後の弥左というのは」

音吉の文を覗(のぞ)き込んだ新九郎が、低く鋭い声を発した。

「『市兵衛店』の住人だった、弥左衛門(やざえもん)ですよ」

六平太は、抑揚のない掠(かす)れた声を洩らした。

「義兄さん、それはいったい何者なんですっ」

「行田の幾右衛門という、盗賊の頭だ」

「盗賊がどうして──」

六平太に問いかけた音吉だが、息を呑んで言葉は途切れた。

そんな音吉のために、行田の幾右衛門と六平太の関わりを説明したのは新九郎である。

粕壁の箪笥屋を隠居して江戸に戻った弥左衛門という触れ込みで『市兵衛店』に住んでいたのだが、最近になって、その男が、関東一円で押し込みを働いていた行田の幾右衛門という盗賊の頭だと分かり、捕縛を目指した新九郎に、六平太は力添えをしてくれたという経緯を、大まかに語った。

「先日、芝の酢問屋の金蔵を狙った幾右衛門一党を、一網打尽にするつもりで待ち受けたものの、残念ながら、頭の幾右衛門と二人の子分を取り逃がしてしまいました」

その件も打ち明けると、新九郎はため息をついた。

「それでどうして佐和や勝太郎を」

「奉行所の捕物に、おれが一枚嚙んだのを、向こうは恨みに思ったんだろう」

六平太は、音吉の疑念に、ありていに答えた。

『市兵衛店』に時々やって来る佐和が、六平太の妹だということは、弥左衛門なら知っていて当然だった。

「わたしは、今夜中に人を集めて明朝、浅茅ヶ原近くに忍ばせます」

新九郎は急ぎ土間の履物に足を通した。

「わたしも音羽に戻って人を集めますので」

甚五郎まで切迫した様子を見せた。

「親方も矢島さんも、それはやめて下さい」

六平太は、落ち着いて声を掛けた。

「明日は、向こうの言う通り、わたし一人で行きます」

「しかし」

そう言いかけた甚五郎だが、後の言葉を呑み込んだ。

行田の幾右衛門が、明るくなった朝の浅茅ヶ原に六平太を呼び出したのは、一人で来させるためだ。呼び出すのが夜だと、加勢の人数を闇の中に忍ばせることが出来る。

幾右衛門はそれを恐れたのだ。

六平太はそう口にしたが、甚五郎や新九郎の顔には忸怩たるものが滲んでいる。

「一人で行けば、佐和さんと子供は返すかもしれませんが、相手は秋月さんを丸腰にして、殺すつもりですよ」

新九郎が口にしたことは、六平太にも予想は出来ている。

「向こうが十人なら勝ち目はないが、恐らく、幾右衛門の他には、伊佐島の七郎太と勢三を入れて三人だ。それなら、一人でもなんとかなる」

「無謀です」

新九郎は鋭い声で吠えた。そして、

「盗賊、行田の幾右衛門の押し込みの手口は、押し込み先の主一家や奉公人を殺した上に火を掛けるという残忍なやり口です。秋月さんが行っても、佐和さん母子に危害が及ばないとは限りませんよ」

新九郎の言葉に、誰もが黙り込んだ。

「あの」

遠慮がちに声を発したのは、土間に突っ立っている熊八だった。

「わたしなら、褌一つという願人坊主の装りが出来ますから、今夜から浅茅ヶ原に潜り込んでいれば、見つかっても向こうには怪しまれまいと思いますが」

気負い込むこともなく口にした熊八を、一同が注視した。

「そして、いざという時は、わたしが秋月さんの手伝いをするわけです。とは言っても、剣術は出来ませんが、これでも、石を投げつけるのは得意としておりますぞ」

「その心遣いは嬉しいが、熊さんの命にも関わることだからさ」

「そんなもの、構いませんよ」

熊八の飄々(ひょうひょう)とした面持ちに、六平太の胸が思わず熱くなった。

「ありがとうよ。だが、断るよ」

笑みを作って熊八の申し出を断った六平太は、

「これから、鍛冶屋の義平さんの家に連れて行ってくれないか」

音吉に向けた言葉に、並々ならぬ覚悟を込めていた。

三

朝日を浴びた待乳山(まつちやま)聖天を通り過ぎた六平太は、山谷堀(さんやぼり)に架かる今戸橋(いまどばし)を渡り終えた。

行田の幾右衛門の文に記されていた浅茅ヶ原は、大川の西岸の浅草橋場町と境を接する西側にあって、時節になれば梅見の人々で賑わう草地である。

浅草聖天町からなら四半刻(しはんとき)もあれば行き着ける道のりだが、六平太は余裕をもって音吉の家を出た。

昨夜、甚五郎は浅草で宿を取ることにして、若い衆の六助を音羽に帰した。

新九郎も、浅草山之宿の自身番に泊まり込むことになった。

六平太は、朝早くから駆けつけて来ていた甚五郎と新九郎に、浅茅ヶ原にはくれぐれも人を配しないよう念を押して音吉の家を出た。

浅茅ヶ原に人を潜ませていると知れば、幾右衛門が佐和と勝太郎を殺して姿をくらませるということも考えられた。

金が目当てなら我慢もしようが、幾右衛門の狙いは六平太への意趣返しである。女子供を殺すことにはなんの躊躇もあるまい。

浅茅ヶ原での待ち合わせの刻限までは、あと四半刻となった。

袴を穿き、菅笠を被った六平太は、瓦を焼く煙の漂う浅草今戸町の通りを、ゆっくりと北へと歩を進めている。

通りの両側に建ち並ぶ小店や町家の軒には七夕の笹竹が並んで立て掛けられ、風が流れるたびに、短冊や竹の葉がかさかさと、まるで胸を掻きむしるような音を立てる。

浅草今戸町と橋場町の間を東西に横切る道を左に折れ、すぐに右へ曲がった先が浅茅ヶ原である。

梅や松の木をはじめ、名を知らない樹木も見受けられるだだっ広い草地には、肩の高さくらいまで伸びた夏草が茫漠と群生している。

その草原に鐘の音が届いた。

五つを知らせる、浅草寺の時の鐘である。

立ち止まって辺りを見回した六平太は、伸びた草の群生の中に、人の足に幾度も踏み倒されて出来た細い道が、奥へ向かっているのを見つけた。

その細い道に足を踏み入れて十間（約十八メートル）ばかり進むと、突然視界が広がった。

二十畳ほどの空き地の端に、人の姿があった。

尻っ端折りに草鞋を履き、菅笠を肩に掛けた旅装束の男は、弥左衛門こと行田の幾右衛門である。

「妹と甥っ子は」

六平太は、落ち着いて尋ねた。

幾右衛門は言葉を発することなく、手甲を付けた手で空き地の西の方を指した。

空き地から、二、三間（約三・六から五・四メートル）ほど草地を分け入った先は、小高く盛り上がっていて、そこに数本の松の木が立っている。

一本の松の幹には猿轡を噛まされた佐和が、すぐ隣りの幹には布で口を覆われた勝太郎が縛られており、佐和の横には抜いた匕首を手にした勢三と思しき男が立ち、勝太郎の横には、やはり匕首を抜いた伊佐島の七郎太が旅装束姿で身構えている。

「秋月さん、あんたという人が居たばっかりに、わたしら、しくじってしまいましたよ」

幾右衛門は、低く冷ややかに口を開いた。

「おれは何一つ邪魔だてをした覚えはないが」

「お竹が動き過ぎたのは意外でしたが、やはり、秋月六平太という浪人がいたことが、わたしらの不運だったんですよ」

「おれを、疫病神とでもいいたいのか」

「霊岸島新堀の箱崎では、お竹の弟を死なせ、千住からの帰りのあんたを狙った小塚原でも子分を殺された。わたしらにすれば、秋月六平太という浪人がいたということが、一番の痛手でしたよ。死んだり捕まったりした子分のためにも、あなたには死んでもらいませんとね」

抑揚もなく淡々とした物言いだが、幾右衛門の声音の奥には、冷酷な響きが窺える。

「その前に、妹たちを放してもらおう」

「まず、腰の物をこちらに放ってもらいましょう」

丁寧な口調だが、幾右衛門の声には有無を言わさない強さがある。

六平太は、腰に差した大小の刀を抜いて、幾右衛門の足元近くに投げた。

二つの刀を拾い上げた幾右衛門は、大刀を手にして刃を引き抜き、鞘を背後の草むらに放り投げた。

「妹たちは、あんたが死んでから解き放つ。まずは、おとなしくおれに斬られろ」

幾右衛門は、体の右手に大刀を構えて、ゆっくりと六平太に向かって来る。

「甥っ子に目隠しを頼む。伯父の死にざまを見せたくないからね」

六平太の申し出に、幾右衛門は一瞬戸惑ったようだが、

「餓鬼に目隠しをしな」

勝太郎の傍に立つ伊佐島の七郎太に向かって声を掛けた。

懐から手拭いを出した七郎太は、勝太郎に目隠しをした。

その刹那、幾右衛門が足早に近づき、頭上に上げた刀を六平太に向けて一気に斬り下げた。

六平太は咄嗟に体を引いて避けたが、菅笠がガサッと音を立てて裂けた。

空を切った刀の重さに負けて体勢を崩した幾右衛門がたたらを踏むのを見て、六平太は佐和たちが縛られた松の木の方に向けて駆け出した。

「近づくんじゃねぇ！」

匕首を勝太郎の喉元に向けた伊佐島の七郎太が声を張り上げると、勢三も佐和の首筋に匕首を向けた。

「ぐずぐずしねぇで、殺せっ」

幾右衛門の声が響き渡った。

しかし、六平太はその寸前、笠の内側に仕込んでいた四寸鉄刀を引き抜いて、七郎太と勢三に向け、立て続けに投じた。

佐和の傍にいた勢三は、四寸鉄刀の刺さった喉から噴き出す血しぶきを浴びながら、松の木の根元に倒れ込んだ。

七郎太に投じた四寸鉄刀は、狙った喉は外したものの、顔面にぶつかって落ちた。

刺さりはしなかったが、顔に四寸鉄刀を受けた七郎太は、匕首を落としてその場に蹲った。

六平太は裾を翻して七郎太の方へと駆け出した。両掌で顔を覆って苦痛の声を上げていた七郎太は、背中から倒れて地面をのたうちまわった。

六平太は、落ちていた匕首を摑むと、片膝を立てて腰を下ろし、脇腹に突き入れると、うっと低く唸って、七郎太は息絶えた。

次の瞬間、六平太はかっと眼を見開いた。

刀を右手に構えた幾右衛門が、佐和の方に向かって駆け寄ろうとしている。

人質にとって、六平太の動きを封じようとする意図だろう。

幾右衛門より先に佐和の傍に近づこうと、七郎太の匕首を握ったまま六平太は懸命に地を蹴った。

幾右衛門は佐和の方に走りながら、刀を振り上げた。

奴め――六平太は腹の中で呻いた。

幾右衛門の狙いは、佐和と勝太郎を殺すことに絞られているのだと気づいた。

六平太は、一歩遅れて突っ込んできた幾右衛門の刀を避けて体を沈めると、眼の前の腹に、深々と突き入れた。

「うっ」

幾右衛門の口から、小さな呻き声が洩れた。

匕首の柄を握った六平太の手に、生温かいものが流れて来る。

六平太が匕首を引き抜くと、足をもつれさせた幾右衛門は、草地に仰向けに倒れた。

匕首を投げ捨てた六平太はすぐに松の木に駆け寄り、佐和の猿轡と縛りを解いた。

勝太郎の縛りは解いたものの、目隠しはそのままにした六平太は、

「このまま勝太郎を連れて行け。多分、この近くに音吉たちが潜んでるに違いない」

と、佐和に命じた。

「はい」

佐和は、草地に倒れた三人の盗賊の姿を見せまいとでもするように勝太郎の頭を抱きよせて、浅茅ヶ原の外へと向かって行った。

見送った六平太は、裂けた菅笠を脱いだ。

笠の内側には、糸で縫い留めてある四寸鉄刀が、一本残っていた。

昨夜、鍛冶屋の義平に頼み込んで、急遽拵えてもらった三本の四寸鉄刀のうちの一本だった。

刃を研ぐこともなく、細くなった先端だけを錐のように研いだ代物である。

「あんた、何者なんだ。その腕は、ただの浪人とは、思えねぇ」

朝の空を向いた幾右衛門が、か細い声を出した。

「以前、主君の乗り物の周りを警固する勤めをしていた」

「道理で」

微かな苦笑を浮かべた幾右衛門から、力のない声が洩れた。

「殺すのはおれの好みじゃないが、女子供、それも、身内を人質に取るような阿漕なやり口は、赦せなくてね」

そういうと、六平太はその場を離れようと歩き出した。

「元鳥越の裏店に住んだのが、わたしの不運の始まりだったね」

幾右衛門の囁くような声を聞いて、六平太は足を止めた。

「死んだお袋に、お前の先祖は、向坂甚内というお人だと、聞かされていたんだよ」

その言葉を聞いた六平太は、ゆっくりと幾右衛門に近づいて、見下ろした。

幾右衛門は、焦点の合わない眼を空に向けている。

「その先祖が、処刑されたのが、甚内橋の袂らしいと、最近になって知ってしまって。

――元鳥越なんかに、住まなきゃ、よかった」

そう呟いた幾右衛門は、深く息を吐くと、そのまま眼を閉じた。

息絶えたようだ。

六平太は、大きく息を吸うと、ゆっくりとその場を離れて行った。


浅草元鳥越の『市兵衛店』の路地に、子供の笑い声がしている。

大工の留吉の家に遊びに行った勝太郎の声である。

空には薄雲が掛かっているが、雨になるような気配はない。

五つの鐘が鳴ってすぐ、音吉と佐和に連れられて来た勝太郎は、留吉の女房のお常の顔を見た途端、

「おばちゃんの家に行く」

と言って、お常に手を引かれて行ったのだ。

土間で茶を淹れた佐和が、六平太と音吉が向かい合っている長火鉢の縁に、お盆に載せてきた湯呑を置いた。

「佐和も勝太郎も無事だったのは、義兄さんのお蔭です。改めてお礼申し上げます」

音吉が頭を下げると、隣りに座った佐和も倣った。

「よしてくれよ。おれのせいで、巻き添えを食らわせてしまったようなもんだから」

笑ってみせたが、胸の底では、六平太が一番ほっとしていた。

自分に向けられた恨みのせいで、妹と甥を死なせるようなことになっていたらと、

今更ながら、六平太はおののきを覚えるのだ。

浅茅ヶ原で佐和たちを助け出してから、三日が経っている。

「勝太郎は、助けられた翌日までは不安そうな様子でしたが、昨日は大分落ち着きました」

「それが少し気懸りだったんだ」

六平太は、佐和の報告に、安堵（あんど）の声を出した。

「兄上が、目隠しをと叫んでくれたから、勝太郎はむごたらしい様子を眼にしなくて済んだんです」

「そのことを聞いたときは、わたしゃ泣きましたよ。切羽詰まった時まで、義兄さんは子供のことを気遣って下すってるって」

音吉は、膝に手を置いた。

路地の方から勝太郎の笑い声が流れて来ると、三人は思わず顔を綻（ほころ）ばせて湯呑を口に運んだ。

「しかし、行田の幾右衛門は、どうやってお前たちに近づいたんだ」

六平太は、静かな声で佐和に問いかけた。

佐和と勝太郎の行方が分からなくなったのは、七夕祭りの前日だった。

「仕立直しを届けて、山重さんを出てすぐ、弥左衛門さんに呼び止められたんです」

佐和は、淡々と口にした。

弥左衛門と名乗っていた幾右衛門は、六平太と一緒に浅草に来たのだが、浅草寺の北にある富士浅間社辺りではぐれたのだと、佐和に説明したという。

弥左衛門はそこで、念のために富士浅間社に行ってみるというので、佐和も一緒に行くと申し出た。

富士浅間社には浅間富士という富士塚があり、佐和が知らない場所ではなかった。

佐和と勝太郎が、弥左衛門について人けのない浅間社の境内に入ると、木陰に潜んでいた男二人に羽交い絞めにされた挙句、猿轡を嚙まされたまま辻駕籠に乗せられて知らない場所に連れて行かれたという。

一夜を明かした仕舞屋は、浅草からそれほど離れた場所ではなく、いつも漂う薪の煙から、瓦焼き場が多い今戸か、本所の中之郷ではないかと佐和は推し量っていた。

「ごめんなさいまし、秋月様のお住まいはこちらでしょうか」

路地から声がすると、

「そうだよ」

六平太は、表に向かって返事をした。

障子戸が外から開けられて、お店者風の男が土間に入り込むと、

「わたしは、木場の『飛驒屋』の手代、吉次郎と申します」

と、丁寧に腰を折った。

「おう」

六平太が、砕けた返答をした。

「『飛騨屋』のお登世さんから、今日の九つに日本橋においで願えるかどうか、ご都合を伺って来るようにと言いつかって参ったんでございます」

「付添いなら、神田岩本町の口入れ屋『もみじ庵』を通して貰わないと、そこの親父に臍を曲げられるんだがね」

六平太は大袈裟な物言いをしたが、あながち嘘ではない。

「お登世さんが仰るには、付添いではなく、直にお会いして相談をしたいことがあるそうでして、霊岸島浜町の料理屋『伊志井』にご足労願えないかとのことでございます」

「霊岸島なら、さして遠くはないな」

六平太が呟くと、

「お世話になってる『飛騨屋』のお嬢さんからのお誘いですから、なにもないならお受けになるべきです」

佐和の理屈はいつも筋が通っている。

「わたしらも、そろそろ聖天町に引き揚げますんで」

音吉が切り出すと、

「吉次郎さん、登世さんには、九つに伺うとお伝え願います」

六平太は使いの手代にそう返事をした。

「はい。立ち帰りましてそのようにお伝えします」

もう一度丁寧に腰を折ると、吉次郎は土間から路地へと出て行った。

その途端、胡坐（あぐら）をかいていた六平太は膝を揃えて改まり、長火鉢の縁に一両を置いた。

「世話になった『ち』組の若い衆や町内の皆さん、それに鉄を叩いてくれた鍛冶屋の義平さんに、おれからだとは言わず、音吉さんから酒なりなんなり、振る舞ってもらえないか」

「いや、それはわたしがしますんで、義兄さんはその金、引っ込めて下さい」

「いやだ」

「音吉さん、兄はすこぶる付きの頑固者ですから、こっちが折れないと喧嘩になってしまいますよ」

そう言って、佐和はふふふと、笑った。

「喧嘩はいやなこったから、それじゃ、お言葉に甘えまして」

頭を下げた音吉は、一両を手にして懐にねじ込んだ。

その時、路地から飛び込んできた勝太郎が土間から上がり、すぐにお常も入って来た。

「お常さん、面倒見てくれてありがとう」

「なぁに言うんだよぉ佐和ちゃん、わたしの方が勝坊に面倒見てもらってましたよっ」

そう言って、お常は大笑いをした。

「義兄さんも日本橋の方に用があるそうですから、わたしらも一緒に帰ります」

音吉がお常に頭を下げたのを潮に、

「さてと」

と、六平太も腰を上げた。

四

浅草元鳥越の『市兵衛店』を後にした六平太は、佐和や音吉たちと鳥越明神前で別れると、甚内橋を南へと渡った。

登世との待ち合わせをする、九つまで、かなりの間がある。

場所は日本橋浜町の料理屋だから、その前に、日本橋上白壁町(かみしらかべちょう)の目明かし、藤蔵(とうぞう)を訪ねることにした。

三日前、行田の幾右衛門とその右腕と言われた伊佐島の七郎太、それに勢三という子分を討ち果たして、六平太は浅茅ヶ原を引き揚げた。

浅茅ヶ原での顚末は、北町奉行所の同心、矢島新九郎にすべて話したが、その後のことは何も耳にしていなかった。

新九郎から聞くことが出来ればいいのだが、役宅から出かけた同心は市中を見廻ることもあり、必ずしも奉行所に詰めているとは限らない。

そういう時は、新九郎が懇意にしている目明かしを訪ねた方が、案外手っ取り早いことがある。

日本橋に向かう表通りを南に進んでいた六平太は、鍛冶町一丁目の四つ辻を右に折れた。

下駄新道の四つ辻の角にある自身番に近づくと、上がり框に腰掛けた藤蔵が、町役人と思しき老爺と話し込んでいるのが見えた。

「こりゃ秋月様」

掛けていた框から立ち上がった藤蔵が、軽く会釈を向けた。

「すぐに茶を」

老爺は、畳の部屋に引っ込んだ。

「いや。死んだ幾右衛門たちが、その後どうなったのか、聞いておこうと思ってね」

そう言って上がり框に腰を掛けると、その横に藤蔵も腰掛けた。

「浅茅ヶ原で死んだ三人は、人足たちの曳く車に載せられて小塚原のお仕置場に運ばれた後、回向院の無縁墓に葬られたそうです」

藤蔵の答えに、六平太は、ただ小さく頷いた。

悪党の最後としては、予想通りの始末である。

「長年に亘って追い求めていた盗賊を討ち果たしたということで、矢島様にお奉行様からお褒めの言葉が下されたそうです」

「そりゃ、めでたいじゃないか」

「ですが、矢島様は、秋月様に申し訳ないと申しておいでです。つまり、行田の幾右衛門の成敗に、浪人の秋月様が関わられたことをお奉行に申し上げると、しち面倒臭いことになるのではと危惧して伏せたが、手柄を独り占めしたようで申し訳ないなどと、気にしておいででした」

「武家や役人の勤め先では、しち面倒臭いことがいろいろあるからな。矢島さんに会ったら、そんなことは気になさるなと、そう伝えておいてくれないか」

「へい」

藤蔵は大きく頷いた。

「お奉行から褒められた時は、言葉だけなのか、それとも、金も出るのかい」

「さ、それは存じませんが」

藤蔵は顔の前で片手を横に振った。

「もし金が出るようなら、酒を飲ませてくれるよう言っていたとも、伝えてもらおうか」

笑ってそういうと、六平太は上がり框から腰を上げた。


料理屋『伊志井』の二階の窓からは、大川に架かる永代橋（えいたいばし）が望めた。

六平太は約束の刻限通り、九つに着いたのだが、

「『飛驒屋』のお登世さんは、お着きですよ」

と、迎えに出た女中の案内で、眺めの良い二階の部屋に通されたばかりである。

「昼餉の膳を頼みましたけど、それまでお酒でも如何かしら」

窓に近い所で向き合った登世が、六平太に気を遣った。

「これから、行くところもありますし、酒は結構です」

六平太の遠慮ではない。

この後は、音羽に行くつもりである。

佐和と勝太郎が行方知れずになった時、心配して訪ねて来てくれた音羽の甚五郎に

礼を言いに行かなくてはならない。

「それより、登世さんの相談というのを伺いましょうか」

六平太の言葉を待ってでもいたように、登世は背筋を伸ばし、

「『いかず連』のことですけどね」

と、不敵な笑みを浮かべた。

「この前、嫁に行かないと言っていたおきんちゃんとお菊ちゃんは、持ち込まれた縁談にほいほい乗ったものだから、『いかず連』をやめてもらいましたけど、捨てる神あれば拾う神ありで、新たに三人の知り合いが連に加わることになりました」

登世は、どうだと言わんばかりに胸を張った。

やめてもらったと口にしたが、母親のおかねから聞いた話から考えるに、二人の幼馴染は『いかず連』を自ら抜けたらしく思われるのだが、登世はそれを認めたくないのに違いない。

「新しく加わった人たちを歓迎するために、一度、景色のいいところに出掛けて、美味しい物を食べる日を設けようと思うの」

「ほほう。そりゃ、楽しそうですね」

六平太は調子を合わせた。

「でも、楽しいか楽しくないかは、行先にもよると思うんです。それで、どこがいい

か、江戸を知り尽くした秋月様の御意見を伺おうと思って、お呼び立てしたんですけど、この時節、お勧めの場所はどこでしょう」

「そうですねぇ。七夕は終わりましたから、これからは、盂蘭盆会に向けて深川や小石川伝通院門前の草市もあります。高い所から秋の海を眺めるには、品川の御殿山、花を見るなら向島百花園、護国寺、高輪の夜の浜辺で二十六夜待ちという手もありますが」

「護国寺には久しく行ってないから、あそこのお庭の花を愛でるのも一興だわね。あそこは遠いいし、日帰りは慌ただしいから、着いた日は音羽で一晩宿を取って、みんなで美味しい物をいただくのもいいわ。その時は、秋月様も是非ご一緒にね」

「え」

六平太は、言葉を失った。

『いかず連』の女たちを引き連れて音羽界隈を歩けば、必ず誰かに見られる。

そうしたら、どんな噂が立つのか、いささか恐ろしい。

それよりなにより、長年付添い業をしている六平太は、女だけの一団を引率するのを何度も体験しており、その難しさとひどい気疲れは身に染みている。

「わたしは、『もみじ庵』の指図通りにしか動けませんから、連れて行くには噺家の三治の方がいいと思いますがね」

「ええ。三治さんにも声を掛けますが、それは、座を賑やかにする芸をお持ちだからです。秋月様には、付添い屋としてお願いしたいのです」

「しかし、いろいろありますし、その日、わたしが空いていればいいのですがね」

六平太は、逃げ腰になった。

「その日が決まりましたら、是非、空けて下さいまし」

登世に笑みを向けられた六平太は、

「ま、なんとか」

と、曖昧な返事をしてしまった。


江戸川の岸辺を歩く六平太は、ほどなく石切橋に差し掛かろうとしている。

右手には大塚の台地、左手には牛込の台地があって、江戸川は二つの台地の谷間を西から東へと流れている。

霊岸島の料理屋の前で登世と別れた六平太は、湯島の坂を上がってお茶の水を経て、江戸川に沿って音羽に向かう道を取った。

その間、何度もため息を洩らした。

登世に頼まれた『いかず連』の付添いを、はっきりと断れなかった悔いが、道中、尾を引いているのだ。

ふうと息をついて見上げると、日は、西に傾いている。

間もなく八つ半（三時頃）という頃おいかもしれない。

小日向水道町の通りに入ると、関口の大洗堰を流れ落ちる水音が一段と近くなった。

江戸川橋の北詰に至った六平太は、右に曲がって桜木町の甚五郎の家を目指した。

「ごめんよ」

声を掛けながら、六平太は甚五郎の家の土間に足を踏み入れた。

「秋月様、おいでなさいまし」

桝形の土間に囲まれた板張りで、いくつもの雪洞の修繕をしていた竹市ら毘沙門の若い衆から声がかかった。

「甚五郎親方はおいでかね」

「それが」

竹市がそう言いかけた時、奥から、若者頭格の佐太郎が現れて、土間に立っている六平太の前に膝を揃え、

「親方から聞きましたが、この度は、浅草ではとんでもないご災難だったそうで」

と、労いの声をかけてくれた。

「親方に、その時のお礼をと思って来たんだが」

「あぁそうでしたか。親方なら、『吾作』に行くと言って、ついさっき出たばかりで

すが」

「じゃ、おれも行ってみるよ」

六平太は、佐太郎や若い衆に軽く手を上げると、表へと出た。

桜木町から『吾作』のある音羽八丁目までは、ほんの一町（約百九メートル）ほどの道のりである。

表通りと並行して南北に貫く西側の小道を、六平太は北へと向かう。

今時分の居酒屋『吾作』は、夜の仕込みの最中だろう。

案の定、行く手にある『吾作』の戸口に、暖簾は掛かっていない。

「ごめんよ」

声をかけながら、六平太は店の中に足を踏み入れた。

「いらっしゃいまし」

備品や什器(じゅうき)を拭(ふ)いていたお国が、明るい声を上げ、

「菊さん、秋月様ですよ」

と、板場にも声を掛けた。

「兄ィ、この前は佐和さんと勝太郎が酷(ひど)い目に遭ったそうで」

菊次が、前掛けで手を拭きながら板場から出て来た。

「それで、浅草に駆け付けてもらった親方に、改めて礼をと思ってね」

六平太は、甚五郎は『吾作』に行ったと、佐太郎から聞いて来たのだと告げると、

「あ、親方はここに来たことは来たんだが、用事が出来て、すぐに出て行きましたが」

菊次は、奥歯に物の挟まったような物言いをする。

「菊さん、秋月様にお茶でも淹れようかね」

「あぁ、そうしてくれ」

菊次がそういうと、お国は板場に入り込んだ。

「菊次、何があったんだ」

「何って、あ、お国がおれを菊さんて呼んだことですか」

「口にはしなかったがそのくらい、おれや甚五郎親方に所帯を持つと打ち明けた時から、とっくに気付いてたよ。お前がお国さんをお国と呼び捨てにしたこともな」

六平太がそういうと、

「ほら、わたしが言ったとおりじゃないかぁ」

板場から、笑いの混じったお国の声がした。

「菊次、おれに何か言いにくいことでもあるのか」

「いや、別に」

菊次は更に口ごもった。

板場から出て来たお国は、お盆に載せてきた湯呑を店の奥の卓に二つ置いた。

「どうぞ」

お国に促されて、六平太と菊次は卓を挟んで向かい合って腰掛けた。

「秋月様の仰る通り、菊さん変だよ」

「なにがぁ」

菊次が口を尖らせると、

「甚五郎親方は、穏蔵さんのことで出て行ったんだろう」

お国は、菊次にそう問いかける。

「穏蔵のこと、というと」

聞き咎めた六平太は、思わず二人に問いかけた。

「そのぉ」

と、菊次は依然歯切れが悪い。

「菊次、おれに隠し事か」

六平太は、意地悪く、静かに脅しをかける。

すると、菊次は急に改まり、両手を膝に置いて背筋を伸ばした。

「穏蔵は、養子の話を断りに、一人で小間物屋『寿屋』に行ったんですよ」

思いもよらない菊次の発言に、六平太は声もない。

「甚五郎の親方はそのことを知って、ここからすぐに、『寿屋』さんに向かったんです」

そう打ち明けた菊次が、ふうと息を吐いた。

なにが起きたか皆目分からない六平太も、大きく息を吐いた。

五

心を落ち着けようと、六平太はお国が淹れてくれた茶をゆっくりと口に含んだ。

傍らに腰掛けていた菊次と、その横に立っているお国の不安そうな眼が、六平太に注がれている。

「なにがあったのか、話してくれるか」

湯呑を置くと、努めて穏やかな声で口を開いた。

「とっかかりは、お国から」

菊次が水を向けると、お国は六平太の斜め向かいに腰掛けた。

「わたしと公吉は『吾作』で暮らすことになって、『八郎兵衛店』を出ることになったでしょう」

お国にそう投げかけられて、六平太は頷いた。

『八郎兵衛店』を出るに当たって、病弱な信助爺さんの世話焼きを、今まで通り穏蔵に託したという。

病がちの信助は、一日中寝込んでいるわけではないが、足腰が弱っていて、買い物や掃除、台所仕事に難儀することもある。

甚五郎の身内となってすぐの頃、穏蔵は毘沙門の若い衆に交じって、『八郎兵衛店』のどぶ掃除に駆り出された時、信助と知り合っていた。

以来、台所の火熾しや水汲み(みずく)をしたり、薬を貰いに医者に走ったりと、普段から、信助を気に掛けていたのだ。

「あの穏蔵さんは、毘沙門の仕事もきちんとしながら、信助さんや近所の年寄りの世話まで、よくやっていましたよ」

そう言って、お国は感心したように何度も頷いた。

「ところがね、昨日、お国が信助爺さんの様子を見がてら『八郎兵衛店』に行くと、医者に行って薬を貰って来てくれないかと頼まれたっていうんですよ」

菊次はついつい、声をひそめた。

「穏蔵はどうした」

「信助さんは、二、三日前に頼んでたらしいんだけど、穏蔵さんはどうも、昨日のことを忘れていたようです」

お国は普段通りの声を出した。

「今朝、髪結いに行くおりきさんと会った時、おれはつい、そのことを話しちまったんですよ」

菊次によると、その時、おりきは何も言わなかったようだ。

ところが、昼前、髪結いの仕事を終えたおりきが『吾作』に立ち寄って、穏蔵を呼び出したのだ。

昼餉時には早い四つ半（十一時頃）の『吾作』に客はおらず、おりきはそこで、信助の薬を取りに行かなかったわけを穏蔵に問い質したという。

『朝方、美鈴さんに声を掛けられて、昼時に「寿屋」に来て欲しいと言われました。毘沙門の親方に断って、うちで昼餉をしませんかといわれたので、親方に尋ねたら、許しが出たので、行きました』

穏蔵は素直に話し出した。

小間物屋『寿屋』に行った穏蔵は、美鈴とその二親とともに昼餉を摂り、半刻ほどで毘沙門に戻ったのだが、午後から行くことになっていた仕事先に一緒に行くことになっていた六助や弥太、それに寅松らは既に出掛けてしまっていた。慌てて後を追いかけたため、信助の薬を取りに行ってやることが頭からすっぽりと抜け落ちたのだと、穏蔵は包み隠さずおりきに打ち明けた。

するとと突然、おりきは穏蔵の頰を思い切り叩いた。

そして、凄まじい説教を穏蔵に浴びせたと、菊次は話した。

『お前、たった一回忘れただけだと思うだろうが、決め事は決め事だ。それを忘れたり守れないというのは、不実だと言われても仕方のないことなんだよ。体の弱い年寄りは、何かにつけて心細い思いを抱えて、薬に縋るんだ。その薬が手元にないというのがどれほど心細いか、そんなことに気が回らなくて、下手な親切心なんか起こすんじゃないよ。親切にされたら、済まないと思いながらも、動けない者は待つんだよ。親切にしてくれる相手を、ついつい心待ちにするもんなんだよ。それに応えられないようなことは、一度だってしちゃいけないんだ。それが出来ないというなら、端から親切心なんて持つんじゃない』

おりきの剣幕は凄まじいものだったと言って、菊次とお国は顔を見合わせた。

何も言えずに俯いた穏蔵に、おりきは更に続けた。

『穏蔵さん、あんたここのところ、養子の口がかかったってことで、浮かれてるんじゃないのかい。浮かれてるというのが言い過ぎなら、腰が定まってないと言い換えてもいいよ。養子の口の掛かる自分は、並みの連中とは違うなどと思い上がっちゃいないだろうね。こっちでなにかあれば、もう一方をおろそかにするような男は信用ならないね。いつも世話する信助さんのことより、養子の口の掛かった方に眼を向けたことが、わたしには腹が立って仕方ないんだよ』

「そんなことをおりき姐さんに言われた穏蔵は、黙って頭を下げて、ここを出て行きましたよ」

菊次は、ため息交じりに事の顚末を話し終えた。

六平太は言うことなどなく、湯呑を手にすると、冷めた茶をズズと呑んだ。

「菊さん」

ぽつりと口にしたお国が、戸口の方を見て立ち上がった。

人影が二つ、明るい表から薄暗い店内に入って来た。

「桜木町に戻りかけたら、出くわしたうちの者が、秋月さんは『吾作』にお出でかも知れないというもんですから、『寿屋』に引き返して、旦那をお連れしたんですよ」

そう口を利いたのは、甚五郎である。

共に入って来たのは、小間物屋『寿屋』の主、八郎兵衛だった。

「今日の一件は、穏蔵さんの後見の一人である秋月様にもお話しした方がよいと思いまして」

八郎兵衛は、六平太に小さく頭を下げた。

「菊さん、皆さんには奥の部屋を使ってもらいましょうか」

「そうだな」

菊次は、お国の提案を受け入れ、

「ささ、こっちへ」

甚五郎や八郎兵衛、それに六平太の先に立って案内した。

奥の部屋は、所帯を持った菊次やお国たちの寝間なのだが、物は片付いていてお国の手際の良さが窺(うかが)える。

「菊次、なにも構ってくれなくていいぞ」

甚五郎はそう声を掛けると、八郎兵衛と六平太を先に上がらせて、最後に部屋に上がった。

「実は、穏蔵さんには、養子になることを断られました」

三人が向き合って座るなり、八郎兵衛が切り出した。

あっと声を出しかけて、六平太はその声を呑み込んだ。

断られたと口にした八郎兵衛の表情に、思ったほどの困惑はみられない。

「昼時、うちにやって来た穏蔵さんは、養子にと声を掛けて下さったことはお礼申しますと、そう丁寧な挨拶をしてから、断らせてもらいますというお返事でした」

そう話す八郎兵衛の顔に曇りはなく、心なし微笑(ほほえ)みが窺える。

「いやぁ、わたし、驚きましたよ。わたしには養子になるような器量はありません、世の中のこともよく知らない未熟者ですと、穏蔵さんはそういうんです。そんな自分が、商家の養子になって商いをするなどということは、己を知らない愚かなことです。こんな半端なわたしのことは、どうかお忘れになって下さい、と、まぁ、穏蔵さんはそう言いなすった」

その時のことを思い出して言葉にすると、八郎兵衛は嬉しそうに目尻を下げた。

「いやぁ、謙遜もはったりもなく、正直に自分のことを話した穏蔵さんに、わたしは感心しましたよ。ますます気に入りました。いずれは小間物屋『寿屋』を託すべく、美鈴の婿ではなくとも、是非にもわたしの養子として迎えたいという決意に至りましてございます」

八郎兵衛の口から思いもしない内容が飛び出したが、六平太には返す言葉がみつからない。

甚五郎にしても、戸惑ったような顔をしている。

「そうですな、この一、二年とは言いますまい。あと三年後、五年後でも、穏蔵さんが、養子に入ってもよいという思いが固まるまで、わたしは待つつもりです。いや、必ず養子として、穏蔵さんを迎えます。その時は、親方、秋月様、よろしくお力添えをお願い申し上げます」

八郎兵衛は、六平太と甚五郎に向かって両手を突いた。

六平太は甚五郎と並んで、護国寺門前から緩やかに下っている広い道を、桜木町の方へ向かっている。

『吾作』で八郎兵衛を送り出した後、話の内容を伝えると、菊次は絶句した。

だが、

「そこまで見込まれたら、玉の輿のようなものですよ」

と、お国は快哉を叫んだのだ。

六平太は、こんな状況になったのをどう捉えるべきか、考えがうまくまとまらない。

甚五郎の口数が少ないのも、そういうことなのかもしれない。

目白坂に曲がる角で、六平太と甚五郎は何も言わず足を止めた。

桜木町の甚五郎の家は、曲がり角の少し先で、六平太が向かうおりきの家は、角を曲がって上がる目白坂の途中にある。

「そうそう。言い忘れてましたよ親方」

「なにか」

「この前は、心配して浅草に来ていただいて、ありがとうございました」

「なんの」

「居ていただいただけで、なんとも心強くしていられました」

「盗賊の一件はすべて片付いたようだと、徳松親分から聞いて安堵しておりました」

甚五郎は、音羽の目明かしの名を口にし、

「それじゃ、ここで」

軽く一礼して、江戸川橋の方に向かい、六平太は角を右へと曲がった。

小さな川を越え、目白坂の坂下の大泉寺(だいせんじ)門前を通りかかった時、

「あの」

背後で声がした。

足を止めると、桜木町の方から穏蔵が足早に近づいて来るのが見えた。

「親方が、その、音羽に来ておいでだと、たった今教えてくださいまして」

六平太の横で足を止めると、穏蔵は小さく頭を下げた。

「話は、いろいろ聞いた」

「は？」

「養子の件。小間物屋の。あれ、お前、断ったらしいな」

「はい」

穏蔵は、六平太の眼をちゃんと見て、返事をした。

「うん」

と、六平太は眼を逸らした。

すると、地面を何かで突くような音が坂上の方から聞こえてきた。

手に手に杖（つえ）を持った白装束の巡礼の一団が、一塊になって下って来るのが見えた。

巡礼の通り道を空けようと寺の塀際に立った時、穏蔵の肩が六平太の腕に軽くぶつかった。

並んで立った二人の前を、男女取り交ぜて十人ほどの巡礼が、杖を突きながら通り過ぎて行った。

「菊次から聞いたが、あれだってな。おりきに叩かれたらしいな」

「はい」

「おりきの手、痛かったろう」

そう言って、六平太は眼を動かして、横に立つ穏蔵を窺った。

「いえ」

穏蔵は、少し間を置いて、そう返事をした。

「嘘つけ」

そういうと、六平太は小さく笑った。

「親に叩かれたことはありませんが、まるで、親に叩かれたようで、嬉しかったです」

前を向いたまま、穏蔵は穏やかに口を利いた。

「へぇ。そうか」

六平太の声は、少し掠れている。

「わたしは、これで」

呟くように言うと、穏蔵は、桜木町の方へ駆け出して行った。

穏蔵の背中が角を曲がるまで見送った六平太は、目白坂を上りはじめた。

親に叩かれたようで、嬉しかったです——穏蔵が口にした思いをありのままに伝えれば、おりきは必ず図に乗るに違いない。

それは、いささか癪（しゃく）である。

穏蔵と会ってどんな話をしたのかを言うべきか、それとも会ったこと自体を伏せるか、迷いながら坂道を上り続けた。

※この作品はフィクションであり、登場する人物・団体・事件等は、すべて架空のものです。

小学館文庫
好評既刊

突きの鬼一

鈴木英治

ISBN978-4-09-406544-2

美濃北山三万石の主百目鬼一郎太の楽しみは月に一度の賭場通いだ。秘密の抜け穴を通り、城下外れの賭場に現れた一郎太が、あろうことか、命を狙われた。頭格は大垣半象、二天一流の遣い手で、国家老・黒岩監物の配下だ。突きの鬼一と異名をとる一郎太は二十人以上を斬り捨てて虎口を脱する。だが、襲撃者の中に城代家老・伊吹勘助の倅で、一郎太が打ち出した年貢半減令に賛同していた進兵衛がいた。俺の策は家臣を苦しめていたのか。忸怩たる思いの一郎太は藩主の座を降りることを即刻決意、実母桜香院が偏愛する弟・重二郎に後事を託して単身、江戸に向かう。

死ぬがよく候〈一〉 月

坂岡 真

ISBN978-4-09-406644-9

さる由縁で旅に出た伊坂八郎兵衛は、京の都で命尽きかけていた。「南町の虎」と恐れられた元隠密廻り同心も、さすがに空腹と風雪には耐え切れず、ついに破れ寺を頼り、草鞋を脱いだ。冷えた粗菜にありついたまではよかったが、胡散臭い住職に恩を着せられ、盗まれた本尊を奪い返さねばならぬ羽目に。自棄になって島原の廓に繰り出すと、なんと江戸で別れた許嫁と瓜二つの、葛葉なる端女郎が。一夜の情を交わした翌朝、盗人どもを両断すべく、一条戻橋へ向かった八郎兵衛を待ち受けていたのは……。立身流の秘剣・豪撃が悪党を乱れ斬る、剣豪放浪記第一弾！

――本書のプロフィール――

本書は、小学館文庫のために書き下ろされた作品です。

小学館文庫

付添い屋・六平太
妖狐の巻　願掛け女

著者　金子成人

二〇二〇年二月十一日　初版第一刷発行

発行人　飯田昌宏
発行所　株式会社　小学館
〒一〇一-八〇〇一
東京都千代田区一ツ橋二-三-一
電話　編集〇三-三二三〇-五九五九
販売〇三-五二八一-三五五五
印刷所――中央精版印刷株式会社

この文庫の詳しい内容はインターネットで24時間ご覧になれます。
小学館公式ホームページ　https://www.shogakukan.co.jp

ISBN978-4-09-406745-3